La touche étoile

星★陨

［法］贝诺尔特·克鲁尔／著

Benoîte Groult

黄 铏／译

新星出版社 NEW STAR PRESS

献给
我的女儿波兰婷娜、丽松和坤丝坦斯
我的孙女维尔兰特、克蕾蒙蒂娜和宝琳娜
我的曾孙女赛丽

目　　录

1 莫伊莱

　　人们都称我为莫伊莱①。和多数人一样，你自然会以为并不认识我。可我总是或多或少地在你们生命里，拥有一席之地，然后渐渐延展，占据其余绝大部分。当自信永恒年少轻狂的众生，随着岁月之花无情凋零，驻足于收获的成熟果实前不知所措时，作为命运女神，这活儿变得尤为激动人心。

　　正是在此阶段，众生变得格外有趣，而我也就此开始行使我的权力。从前，他们是如此的自信无知，幼稚得令人难以置信。我从未成功地破坏过他们的生活乐趣、无忧无虑的天性、强烈的欲望，以及那份我无从品尝的脆弱温柔。

　　追求永生反而变成无力反抗的苦刑。

　　科学的进步使我捕获了源源不绝自投罗网的战利品。他们明知下着雨而且会越下越大，却盲目不停地前行。也许是众人拥挤推动使然，或是人类总想抢先于人的自私秉性所致。

大部分人仍然健康无碍，其余也佯装无恙。至于垂死挣扎的人们，所作的努力无非仅是重整甲胄罢了。就算死里逃生的人也丝毫不放弃重新生活的希望，而往往忘却了死神的魔杖也许两年或十年间会重返，再或者无从可知……总之，殊途同归：可怜人！你永远无能为力！一旦死亡向你伸出魔爪将不再松开，在你躯体最深处，静静的，如同船蛆般蛰伏。你的身体在不知不觉中衰竭。你一直漠视存在的器官开始恣意胡来。你的优雅将成为徒劳的尝试，美貌将沦为战利品，反抗将无功而返，无忧无虑成为自欺欺人的信条，你的健康是被攻陷的城池，而忧虑则是你无法摆脱的伴侣。

目前，你暂时还能以为自己平安无事。说服自己加入人群中，同谋般跟着诗人反复吟诵："可知否，我曾比此刻年轻？这意味着什么？必然存在着某种可怕的事物。"②

然而没人聆听没人同情。因为衰老是最孤独的航程。你不再是他们的同类。一旦经历了那某种可怕的事，跨出了这道门槛，你就再也无法伪装。无论身处何方，你被当成害虫一般，因为你的存在毁灭了他们的神话，提醒每一个试图逃避死亡的人想起自己最终的命运。你将意识到必须拒绝衰老，就如同逃避你所犯下的罪孽。从此你无论走到哪儿都摇着木铃③，尽管自己掩耳盗铃地仅听到别人的铃声。你的故乡，你出生并度过一生以为终能落叶归根的故乡却抛弃了你。你成了一个异乡人，被流放在自己的故土上。

现在的你，惟一可做的就是去发掘这个新阶段的真相。其一：老人从不曾年轻。但这似乎鲜为人知。除了他们——诗人，没有年龄，故而早已洞明真相，成为惟一动摇我那永恒地位的人类。

孩子们也明白老人来自另一个世界，觉得自己的祖母从来不曾是个年轻女孩。他们假装相信这一切以免自寻烦恼。每当大人们打开相册——对孩子们而言也就是本死人书，说起来总好像吹牛耍把戏：

"你瞧，这是奶奶，在你没见过的让娜姨妈家花园里玩木环。"

那么，后者一出生就是个死人——孩子会这么想。如果我不认识她，是因为她不曾存在。

"为什么奶奶不用拐杖推木环玩呢？"

"奶奶十岁大的时候还不用拐杖呀，想想看？"

想？孩子嘀咕，奶奶生来就是奶奶，这不是明摆着的事实嘛。连她自己的女儿都叫她奶奶！况且爷爷每天一坐到桌前就叫她："奶奶，把我治腹胀的药递过来。"

谁会记得她名叫日曼尔还是玛丽路易？谁会忆起在她如今松弛的肌肤里仍然浮现着昔日少女的身影？谁又会料到是否有位老先生或者大胡子的淘气鬼还总想和她玩拍拍屁股的游戏？

我——莫伊莱，我——他们的命运女神，并不欣赏这孩子气的任性。年轻根本不值得嘉奖，除了青春，一无是处。相反，他们年事已高却企图力挽狂澜重现韶华的努力，常能赚取我的眼泪。干得好，小丑们！毕竟孩子总归是孩子，哪怕青春多耀眼。而老人，积累了生命中的所有年龄，沉淀了所经历的一切，更别提那些顽固地用尽失落与后悔的苦涩来毒蚀现实的不堪往事。老人不只是七十岁，他们还拥有自己曾经的十岁、二十岁、三十岁、五十岁以及渐露端倪的额外的八十岁。所有那些指责非难你们的人从未拥有如此美妙的一切，你们应当学会如何让他们闭嘴。

莫伊莱正是为了你们而存在：当定义清晰无辩时；当每个人为年轻而庆幸却为衰老失落时；当所有的门票，只在你接受它们不再给你观看预定节目的权利后，才能有效时；当安定开始动摇时；当幸福像潜藏在林子里的盗贼，偶然会与之不期而遇，而不幸就在你脚边突袭而来时……

一个不可辩驳的信号将告知你们已身陷另一个世界：地位的逐渐丧失。我没有性别不可能成为什么"歧视女性主义者"，但我深知对于你，女人，相对于你的伴侣，这更真切的意味着什么。因为男人，作为第一个诞生于世的人——为此他们在所有宗教经书中孜孜考据证明，并在生活中以他们强盗的方式霸占着主导权，成功地长期保存他的地位。即便是最屠弱的男子在人行道上也会有自己的空间，然而你，女人，随着美貌与青春的消逝，你将发现自己慢慢地变得透明。人们很快对你视而不见冲撞无阻。你习惯地说着"对不起"，但没人回答。对于他们甚至不再有打扰可言，你已不存在。

我看着你们至此。这高不成低不就的一辈人，经过了多少个世纪，角色一直不改。当初我试着劝你们："跟我重复一百遍：我是上了年纪的人。"但一千遍也不够。比起通常陈旧的老人角色，你们更执着于当个衰老的年轻人，哪怕羞久病殃。你们是发现了如此可怕真相的第一辈人：你们所珍惜重视想要流传的一切，后辈们已不再感兴趣。至于你们的经验，很简单，他们视之如粪土。在他们的世界里没什么值得费心。生活在安定中的他们和你们有着天壤之别。别再提什么苦难！为了逃避，他们强行忽视你们，把你们当成史前外星人或者非洲原始部落的土著。

你们的父辈当初还能乐意尊重他们的后辈，因为他们乔装成老年人，满足于你们分配给他们的空间，而且很快将其归还。

新一代的老人，他们结集在愈来愈拥挤的阵营里，一起探险于科学和医学大地震后的混乱地域上。在那儿，他们发现能继续活着真美好，就算是付出了颠覆人体密码和打乱生命轨迹的代价。

今天，年近六旬的你总认为自己比其他同龄人更矫健。看到同事们身上岁月痕迹累累，自己却还幸免于难。早晨在报纸的报丧栏目上看到某某人刚刚过世的消息就足以让你心情愉快：才六十岁，傻瓜一个！如果有幸同时听到救护车的警笛声，那就更妙了：车里躺的不是我，嘻嘻！

早晨能在身体所有器官的平静中苏醒正是关键，但这看似平安无事的 RAS④ 却在 1914—1918 年间⑤ 谱写了最令人叹为观止的死亡胜利通告。当它们开始有动静时，就没什么商量的余地。如果是别人的器官不听使唤，那么，万事大吉。这并非你们变得没人性，只因为旁人的不幸，就像一贴膏药，能缓解把你越缚越紧的那份恐惧。可是如果你终究还是变老了呢？"不，真是莫大的耻辱！还没呢！这不可能！不是马上！"你们需要相当长的一段时间来肯定回答，而且很多人会在年迈时"年轻"地死去。

不得不相信永生招人妒忌。可他们都错了！

正是为了忘却这一点，我有时会干预命运把机器调乱⑥。

让鲁将会在咽最后一口气前被勉强救活。我给了他五年的缓刑，他却把这归功于在床边发现自己的妻子。

爱丽丝，虽已七十五岁高龄，但五年以来她一直在滑雪，而且每回都声称是"最后一次"！她差点在这次胫骨骨折复位手术中丢了性命。人类轻率的行为让我感动……此后她仍然去滑雪，虽然只能在低坡上，如此无聊，却装着乐在其中，因为她不愿了无生趣地活着。

蕾娅六十三岁那年毫无预料地在美容外科医师怀抱中，唤醒了从未在伴侣身上表露过的性高潮。我将赋予她五年的肉体狂欢，但在另一张床上。

雷昂跌伤了。这肇事的香蕉皮阻止了他前往圣雅克⑦朝圣旅行的计划。他错过的那趟游览客车两天后将在西班牙小山沟里车毁人亡。

总之，当我厌烦了扮演牛皮般的凶残角色，就是一块香蕉皮。

你们总喜欢赋予我一张面孔。可我不是个人格化的神，我并非复仇女神，也不是可怕的命运女神之一。莫伊莱，在古希腊神话中只意味着命运。我很遗憾自己既不是神也不是魔鬼，正如你们的百科全书所言，仅仅是"一条未知而难以理解的法则。起初每个人都有自己的莫伊莱"。如后人所言，就是命运。我喜欢脆弱、未知却蕴发奇迹的生存，因此不免前途黯淡。这正是为什么我以打乱牌局为乐。为不期而遇的爱情点亮一瞥目光；在一个女人生命最后一刻赐予她奇迹般诞生的小儿子。所有的生物都拥有这神圣的化身：这个人有对音乐的热情，那个人则有冒险精神；而且这份喜悦存在于所有的事物中：从夜间花园里蕴腾的气味，皮肤上大海的盐咸，威士忌里伊丝莱⑧的香醇，栎树下松露的奇香，一直到夜幕降临时曼陀罗的花香。

也许我超越了自己的权限，但谁会责难我呢？我的诞生是为了证明上帝是否真的不存在。存在的仅是一些以物理法则争夺宇宙的对抗力量，任何人类精神都无法解释清楚。

在这混沌当中，最不可思议的赌注便是活着的代价。正因如此，世间的人们需要我的庇护。他们使生存变得令人向往，让我从不丧失希望去理解。但我得承认年轻人很难让我感兴趣。如此的"花样年华"⑨！既非人类也非神灵的我只是不能理解他们罢了。而如今我面对的这些"年轻"老人，就算已经体无完肤，都要死抓住活着这个惟一的神迹。就在这惟一的神迹上孵化了他们的星球，和其他冰冷或是炽炫的行星一起漂移在银河中，像一片片醉舟。

我最喜欢的诗人当中有人问过："究竟发生了什么？生命啊，我竟已老去。"⑩

当然，众人皆如是说，却都不能阻止。人类啊，根本无法了解我有多嫉妒你们，我，既无生命也无年龄。

☞ *注释*

①莫伊莱（Moïra 或 Moire），古希腊神话中，宙斯与忒弥斯的女儿（一说是倪克斯或阿南刻的女儿），起初据说每人都有自己的命运女神。随着奥林波斯教的发展，命运女神的数目减到三个：阿特洛斯、克罗托和拉刻西斯，她们被想象成纺织人的生命之线的老太婆。——译者注（本书中除标明作者注外，均为译者所注。）

②作者为亨利·米修（Henri Michaux，1899—1984），法国作家、诗人，原籍比利时。

③古时候麻风病人摇动木铃宣告他们来临。

④RAS. (Régiment d'Artillerie spéciale)，特殊炮兵团的缩写，和法语俗语中 Rien à signaler "一切正常" 的缩写相同。

⑤1914—1918年，第一次世界大战，死亡人数高达一千万人。

⑥希腊神话中命运女神负责纺织人的生命之线。

⑦圣雅克 (Saint-Jacques de Compostelle)，基督十二弟子之一，传说他曾在西班牙布道传教，使西班牙改信天主教，他的骨灰收藏在西班牙，成为天主教徒朝圣的目标之一。

⑧Islay，爱尔兰盛产威士忌的地区之一。

⑨英语原文 "in the mood of love"。

⑩作者路易·阿拉贡 (Louis Aragon，1897—1982)，法国超现实主义诗人。

2　爱丽丝和贝尔兹布尔[①]

年龄是个严守的秘密。那么衰老是什么？回答犹如向热带居民描述雪一般徒劳无力。既然不能减轻自身的苦难又何必多余地干扰他人的幸福？我更情愿对此视而不见，死撑着城墙尽可能再打赢几场仗。要知道，除了向无数疾病大开城门，衰老本身就是痼疾。千万不要被感染。

问题是，要逃避衰老必须在一条两头都是深渊的绳索上前行：这一头是你的同辈，其中很多人早已放弃了平衡的努力；另一头的芸芸众生里，寻欢的，作乐的，玩命的，情困的，企望的，成功的，失败的，玩潜水捕鱼或是到尼泊尔旅行，滑雪时摔断腿，交新朋友，学希伯来文，爱上女人或男人或两者皆爱，上网，生孩子，离婚，再寻新欢，想象着自己变老，害怕知天命五旬的到来……这些傻瓜！

衰老是共同的命运。谁都知道，却也都一知半解。人们自以为是，但这概念依旧抽象，此类集体命运的意识对于衰老的孤独经历与死亡的骇人体验毫无帮助。静观世变会活得长久些。可有些人却自我说服去相信自己将是个例外……这些傻瓜！

如果我们能一劳永逸地觉悟自己就是一副老皮囊②，我猜大家都会习惯。悲剧是，我们从一开始就把这忘了。流年间，来来往往，没什么机会省悟。直到有一天，不得不承认，发觉自己永远老去。正是此时，我们开始动摇，开始从头学起。去接受自己不再仅是一副老皮囊，还有一把千疮百孔的老骨头，一个承受不了一丝酒精烈炽的老胃，一摊逐渐删除特殊词汇再而普通用词的老脑，一身松弛的老静脉以及随之硬化的老动脉，还有同样久病老去的爱情，甚至早已失去，仅剩一张相片，一成不变的，嵌在床头柜上的银相框里。

当然，还有家庭。但是，在被唤成"我可怜的妈妈"或者"我的老父亲"之前，在孩子们的眼里，为人"父母"的我们渐渐地不再是独立的个体。他们不再指望我们会有什么惊喜，无非就是梗塞、骨折、脑血管事故，或者老年痴呆症的长期折磨。

当我像十五岁时般偷偷地着手写一本书，他们会有些吃惊。这同样会让我那些姐妹们惊讶。我加入《我们，女人》报社已经二十多年了，却发觉自己越来越像个陌路人。我回忆起七十年代鼎鼎有名的玫尼·凯葛尔③曾抱怨 RTL 电台的年轻化："六十五岁，我觉得自己像是在犯罪。但事实上我早就被判了刑。"

作为文坛里惟一的七旬女作家，我现在也觉得自己过了古稀之年是有罪的。人们对我宽容的条件是不泄露年龄的真相，不给任何人添麻烦。我很驯服地表演着"大家都是年轻人，大家都是好人"的喜剧。更轻而易举地，在任何一本千篇一律以潮流广告开始的女性杂志上，致力于维持这一出海市蜃楼般的戏。在这个战场上，我不仅没有任何同盟，而且每年都得面对报社里一批批意气风发的女实习生们的到来，洪流般把我推到深红卡④的浅滩上。一旦有关于年龄的主题，却规定只采访那些预备好参加假面舞会的老夫妻们："我们决定一起健康地变老；为我们的九十岁买双耐克鞋；爬着庆祝我们的百岁以取悦我们的曾孙们。"严禁说什么如果出于奇迹我们还能苟延残喘地爬向九十岁，我们长命百岁！至少还能叫救护车呢！

衰老和死亡在我向亲友宣布时往往不被接受："你知道吗，我的朋友苏姗娜或拉谢尔或吉内特刚刚过世了。"电话另一端第一反应永远是："不，这不可能！"或者"不，这不是真的！"

死亡首先是个谎言。曾出现在我的童年里，随后却一点点地消失在我生命的风景中。

并非很久以前，在城里，如果某栋楼中有人刚过世，会在门庭出口处挂上黑布帘。愿意的话，人们可以在拱门下的留言册里写下悼念词。在乡下，则有守灵的传统。而如今，人们魔术般把它变没了，甚至犹豫是否让孩子们知情。在他们的童年里，只见过宠物仓鼠死去，或者是他们的老狗狗（如果医生没有事先被家长要求让它在孩子们视线外安静睡去）。

有关的词汇也被我们收缴了。不再有"临死"的人，多失礼啊！在这个年代里，我们不再死去：我们在上帝的安详中"睡去"

或者"去世"。"断气"这个词让人联想到最后一口气，避免用它。"把灵魂归还于上帝"也过时了，因为如今不能肯定灵魂的有无。"逝世"过于文绉绉了。既然"去世"因行政使用而被滤掉了所有的感情色彩，人们可以无所谓地使用这个词。说"我母亲昨天去世了"比起"妈妈死了"要好受些。

老人的形象也同样被简化为在喜马拉雅山上骑着自行车，或是攀登在豪华游艇游泳池的跳台上的一个头发花白的快乐汉。他从不秃顶也非大肚便便，相反有着加里·库柏⑤般的微笑。至于他的伴侣，穿着短裙露出小鹿般的长腿，永远含情脉脉地看着他。那些广告，尤其是SNCF⑥关于第三年龄的旅行册或是退休专列的广告邮件上，都是些开心得笑弯了腰的老人（除非他们从来都没驼背）。自从安德烈年近八十以来，铺天盖地的广告就不停地瞄准我们家的信箱，没有一天不提醒我们，紧急情况下别忘了使用神奇药膏，暹罗的、柬埔寨的、虎标的、秘鲁的……提醒洛丽塔⑦摇椅的存在，并承诺让你短期内就能拥有"尽管年过八旬，仍旧频繁且坚挺地勃起，能让最娴雅的伴侣变成饥渴的悍妇，号叫着要你的阴茎……"安德烈惊恐万分地看着我……

不过，他还是妥协了，在齐尔贝里克中心注了册。这个强调提前付款、费用全包并提供全套葬礼服务的救护车中心号称："你们向我们提供死者，我们帮你们让他平静地消失。"我拒绝了这项服务。首先，他们不提供团体折扣；此外，我比丈夫小四岁，我没打算一块死，另外我还有个计划。

我想知道，在古希腊罗马时代，非洲或是印度古文明中，甚至上个世纪的欧洲，尊敬爱戴老人的传统如何在现代社会里泯灭的。

当老人能活到一百二十岁时又会发生什么？这也许就是不久以后的事？

问题在于，为了真实地描写衰老必须深入其中。然而，衰老也会渗入你体内，慢慢地让你不再为此恐惧。没有足够的年龄是不能驾驭这个主题的。青春尚未完全死去前不可能谈论这个话题。

我似乎在这些阶段的交点上，自然地认为自己是刚才谈论的一切的例外。坐着，我六十岁；站起来，我驼了一点点，但走起路来健步如故。走在平地上，没人会怀疑。但下楼梯时，我又变回七十岁。下楼我靠的是头脑而不再信任自己的双腿。分解一个本能动作的每个步骤前那犹豫的十几秒宣告了无可救药的衰老的来临。

在我体内，首先衰退的是关节软组织。双腿仅剩些木桩，不润滑，也没有弹性。木头虽是好木头，密度计可以证实。烦人的是，关节不能弯曲。因为脚不是轮子，我无计可施。当地面有坡度时，我像个提线木偶般一顿一顿地移动。我的天！韧性啊！我从前从未认为韧性是个无价之宝。所有价值概念一下全变了。这正是我们的发现之一，与普遍的观点相反，衰老其实是个充满新发现的年龄。

当我站在一段阶梯顶端时——例如瓦连纳地铁站的四十六层阶梯，膝盖们开始质问我：

"你不是想让我们下这楼梯吧？"

"别烦我。这儿到底谁做主呀？"

它们冷笑。看谁能笑到最后。

我迈开第一步，小心翼翼地，稍稍倾着身子，用上最好的右膝。

"我随时都能撒手不干。"另一边，左膝补充道。这是膝盖工会里最执拗的一员。

　　我只能越来越频繁地让步。一只手扶着扶梯，慢慢侧身下楼。有时，为了安抚人员和调整班子，采用从不公之于众的高层内部裁决，但一次只能谈成一小步。因为，总罢工的幽魂萦绕在我们所有人的地平线上，带着骨骼俱乐部的骨坏死总决定的威胁，能使所有部门的活动全部瘫痪。很多书里都跟我们讲述了此类种种骇人故事。

　　为了避免绑架人质或破坏工作机器等事故，我必须与之媾和，卑躬屈膝，接受一切妥协和解，逐渐变成假肢夫人。牙医为我装了两颗新门牙，骨科医生为了纠正我的脊柱平衡设计了两块垫子。（这三十四块脊椎骨每块都只有一个念头——跳出队列统领整根柱子。那里也有一个居心叵测的工会，跟它们议和前还得先躺下。）末了，耳科医生为我制造了天价的数码助听器，眼科医生则提供了隐形眼镜。

　　为了补偿，我再也不穿套装，正如那些女部长们，为了让自己就像群众里的一员，在上报时穿着牛仔裤。

　　因为我是如此精心地呵护我那青春之花，依旧开放的，傲慢的，有时撕心裂肺的。每每严寒或其他日常灾害到来之际，把它庇护好。但是一不小心读了一本真正年轻人的杂志，或者看到流行橱窗里的一张张脸，就能迅速把你们带回在这个最后的商品社会中本来的位置。

　　三十年代初期，当我还是其中一员时，青少年还没有属于自己的杂志。我们为"正常"报刊上的《本杰明》或《苏塞特的一周》栏目而着迷。我们的青春期备受青春痘的折磨，大家无计可施等待这一切早点过去。也不存在什么给青少年的时尚。在大商场里，我们从女童柜台直奔成人女装。

今天，青春期，居然又变成我们的！过了六十五或七十岁（更不必提往下的），就不再是穿衣打扮这乐事的一员了。衣服牌子的名字本身就让人止步：怎样走进"希比"、"好伙伴"、"小娜娜"或者"吒姬"……那儿的女售货员都是十八出头青春可人，而男售货员也都是年轻不可靠的。年老跟肥胖一样艰难。不同的……身材……让衰老变得无药可救。

更令人绝望的是挑选内衣，我们已不再为脱下粗呢外套裸露乳房或是卖弄肚脐感兴趣。性感的迷你内裤和臃肿的大帆船短裤之间没别的选择，没有蕾丝没有花边。乖乖变丑且闭嘴吧：是时候给自己戴孝了。然而，所有这些五十岁的家庭主妇们，这些亲爱的七十岁的疯女人们，还在做运动做爱，如今终于有时间为自己着想，这是前景多么可观的市场啊！那些女性内衣商人们都是蠢货。

迄今为止，我成功地滞后了这两个阶段的过渡期（时间的长短因人而异，尤其在于否认的能力）：自以为是的年轻和他人提醒的终究老矣。总之，需要接受一个烦人的事实：在自己眼里变老之前，先老在别人的眼里。

"您好，老奶奶。我帮您擦挡风玻璃吧？"

有一天，去南特的路上，在收费处，一群友好的年轻人向司机们推销服务。不可能：我难道看起来像个老祖母了吗？透过有些变形的挡风玻璃，看了几秒钟就能宣判我是个老奶奶啦？一时间，我十分窘迫。可我也能宣判这个年轻人是个笨蛋。于是选择了第二种观点。

接下来，当然还有身边亲友的眼光。比起其他人，伴侣的看法客观上毫无价值。安德烈他当然爱我，但就像一个老小孩害怕失去自己的小熊玩偶。我仅仅是他现在的一个过渡对象，正如心理学家说的。对他来说，这是必不可少的。

如果我和安德烈还做爱的话会发生什么？他会因拿掉假牙套而不能再咬我。我会因拿掉助听器而再也听不到呢喃爱语（如果保留它们，拥抱时会发出回响声。如果拿掉它们，必须大喊"我爱你"，就像伊夫·蒙当⑧在一首著名的歌曲中对着邮局的老小姐听写似的念着为心上人发的电报）。我们轻声呻吟着，别人以为这是快感的叫唤，然而它们只是坐骨神经痛加抽筋或者某种困难阻碍了废旧的工具在废弃的管道中运行。我真该对着他大叫："你给我塞了什么生锈的玩意儿，安德烈！给我拿掉它，求你了！"

不，我会试着又一次像个满足的女人看着他。他对我总是充满爱意和欣赏，虽然外表看来总是一副冷嘲热讽的样子。如果说他从不知道怎样爱抚，毋宁说是个出生年月的问题。生于1910年，直到三十年后他才第一次听说阴蒂这个词：他难免早已染上一些坏习惯。从来只有天才才能在任何情况下发现快感之道。我们于1939年结婚。我也一样，没人跟我解释过阴蒂——其余的也没有。安德烈学过一些基本的技巧，但实践时如同背课文一般。爱抚需要两个人的创造，否则就会停留在实验阶段，像学一门外语，开口太迟而不知道该把重音放哪儿。

安德烈在1940年和二战期间被关押。为他哀叹的同时却为我的阴蒂庆幸。法国光复让我过上自由少女的生活，这是我在战前不敢想象的。他回来后，我重拾爱意与希望，和他很快有了两个孩子。儿子萨维尔，发现自己的志向在于海洋，所以如今在地球的另一端工作生活。我在最后那次潜水时就知道，自己今后似乎不能再陪伴他去海底潜水了，就像他也不会陪在我身旁一样。

我很幸运能有个女儿。她使我忘却了分离的痛苦：两次大战还有随后的岁月。玛丽侬是我想成为的那种女人，如果我不在 1915 年出生的话也许能成为的女人。她不必耗尽全力去获取自己的权利和自由，而我当年必须像井底的矿工在深渊里寻找埋藏的刺，一根一根拔掉。他们都说，如今的我仅剩粗鲁的言语和对男人的仇恨，以及毁灭自我的挑衅偏好。而我的女儿，她是一个所有定义中真正的女人。我则是个出身良好却乖张无礼的女子。

玛丽侬培养了自己的幽默、生活的品位、爱的天赋，还有情感。更甚者，她拥有能让我不为衰老而羞耻的温柔。无论我变成什么样，她都爱我。也许只是让我相信而已。她给了我的这份礼物：让我期盼她需要我，在日常生活里，不仅仅是个母亲。我所珍惜的，是和我的"小妹妹"艾莲娜的关系——我把小我十岁的她当成自己的第二个女儿。但我从未和孙辈建立起朋友们跟我感叹的一生中最有成就感的关系。的确，我从未离开工作而"献身"于我的家庭。这个用语本身就让我恐惧：在献身里，我看到了牺牲。真愚蠢！我同样拒绝孩子们叫我奶奶。结婚时我就已经失去了少女的姓氏，所以我拒绝成为祖母时再失去我的名字。总之，我在孙辈的诞生里无足轻重，而在儿女们那里却担当支配的角色。当我看到丑陋、黏糊、没有任何保护的他们被放在我眼前的那一天，当他们第一次叫我妈妈的那一天，我知道从此我将为生活而滞留。妈妈这个词变成一个口令，人人皆知但秘密只有我们知道。一个能打开所有门的口令，永远的。

如果我当初和安德烈在一起不曾是个非常幸福的女人，那么应该算是个幸福的妻子。虽然这世上还有其他男人，但幸亏丈夫只有一个。任何情况下，同时只有一个丈夫。

如果我回顾自己的生活，只有一个遗憾：职业理想屡屡受挫。这也是个出生年代的问题。我梦想成为伟大的记者、环球旅行家、女政治家、部长……为什么不？而我，直到四十岁才获得选举的权利⑨！

人们忘却了空白，无人能代表生来没有任何公民和法律权利的我们，成长中也没有伟大女性的历史模范，能够承认的仅局限于四五个无力的形象：圣母、圣女贞德或者睡美人。

最初的三位女部长——仅仅是副部而已，甚至获得诺贝尔奖的伊伦·若里奥－居里⑩，直到1936年莱昂·布鲁姆⑪执政期间才出现。多谢了，莱昂。但她们仅能代表一种民主的反常，因为她们自身还没有选举的权利。

正因为这不公平的境遇，我加入了女权主义就如同加入行会一般，坚信这个高贵的理念将会很快胜利。我当时并不知道，女人，其实什么都不是。作为女权主义者，并不能得到肯定，感激或是长久的荣誉。相反，为妇女权益的斗争使我们不得不缺席于其余领域——严肃的、有价值的、荣耀的。

"啊？您曾为避孕和堕胎权战斗过？太有趣了。"人们带着无聊的表情问道，接着很快转身便忘了，或者转换了更有趣的话题。

"啊？您曾是《我们，女人》心情来信的栏目主编呀？那应该相当有趣吧……"

说到这里，顺带着轻佻的微笑。女人的烦恼从来不可能悲壮或是激昂，仅仅有趣而已。

"您应该去主编足球栏目，参与绿色和平活动，保护海豚、海龟、珊瑚……多有趣呀！您应该为非人待遇下的矿工、非洲土地干旱或疟疾而战斗，多带劲呀！"

"我崇拜您，亲爱的女士！"

"可是……女人？她们还能抱怨我们什么？"每个法国男人都认为他们为女人已经尽了全力。"况且，她们有我们，全世界最好的情人。"——根深蒂固的想法。"您太美了，亲爱的女士，以至于我不能反对您……"一句轻描淡写的法式殷勤足以打败一长串悍妇的喋喋不休。

和1968年⑫前的军团这样的对手抗争，最终会使脾气变得尖酸刻薄。我情愿蛰居于女读者来信的栏目里，在那儿，出乎意料地获得了荣誉和影响力，难忘的时刻和大量的友谊，而最终能养活自己度日。还让我能够给儿子买他梦想中的船（以致他更容易地离开了我……），但至少实现了他当水手、潜水、加入库斯度海底摄影团队的理想。还在布列塔尼购得一小块地，毗邻安德烈和我为玛丽侬买的小农舍，如此一来我们可以在她身边度假而不用住在她家里。

尽管如此，我还是有个遗憾：我写了无数的文章、报道和各种文稿，但这样的写作时而在记忆里闪现却倏然如蝴蝶落叶般飞散了。我的书架上并没有署名自己的书。这个空白让我烦恼。于是我想填补。但关于这个新类型的工作，所有人都向我断言掌握一种新工具——电脑是必须的。对此我深表怀疑。更确切地说，将是它掌控我。

"不会的，爱丽丝，你必须这么做。你瞧，这根本没什么，你不能再放弃了。"所有的朋友都劝我……都是些不到六十岁的人。

"妈妈，你如果现在不开始用电脑，以后就晚了。这是你退休前最后的机会。这将对你的工作很有用，你会明白的。"

"好吧，爱丽丝，你不可能像中世纪那样用剪刀和胶布写一本书吧！所有的作家都有一部电脑，至少是为了文档处理。"我的朋友朱力安也劝我。除了丈夫，他是我惟一信任的人。

"我反对。"安德烈对我说，"你会把贝尔兹布尔带到家里。我们从未有此计划，你没有我也没有。你会疯掉的，爱丽丝。"

无论什么事，安德烈总是反对。这也正是我保持清醒的另一个动机。年过七十，我早已力不从心，这很明显，但我还有很多能力而且没时间可浪费了。于是我打听巴黎最好的供应商，信誉好的牌子和最专业的经销商。既然我的行程正好途经专门的自行车道——多亏了这可贵的受保护的行道，避免了我的自行车退休——我于是把院子角落里的自行车取了出来，出发前往圣日尔曼大街，在一家庞大的电子商店里度过了整个早晨。

"请问，我想买台手提电脑，仅仅是为了处理文档，所以我想找使用起来简单易行的。我是女作家……但在电脑方面完全外行……"

我很谦恭地微笑着，但事实上已经犯了错，因为说了"女作家⑬"这个词。我的猜想是对的："一个烦人的女权主义者！而且还是个老太婆！"柜台前这四个假装很忙的年轻人在交头接耳。请注意：我现在身处一个庙宇中，而非一家粗鲁的商店。终于其中一个店员走了过来。

"您想要什么样的配置?"

没叫我"夫人",真是蹩脚。至于那熟练的职业微笑,庙宇里是不存在的。

"我来这儿只是想咨询一下。让我看看你们其余的型号……最基本的。"我为了让他微笑而说道。

失败!我加重了事态。老女人,已经很不受欢迎了,竟然还是个老笨蛋,那就更严重了。对于这些精通技术的人们来说根本没什么是基本的,他们站在楼梯上向下蔑视我。这年轻人随随便便介绍了几台机器,甚至都不把它们放在柜台上让我试试。

"您想要集成屏幕或者带坞座的?"

哪一个更适合笨老女人?

我提了些问题,从售货员的反应来看,都是愚蠢的问题。他自言自语说:"在地球上居然还能听到此类的问题!"我真想反驳他,告诉他,我在五十多年前高中 A 类会考中获得优秀(不,我不想让他推算我的年龄),我曾是大学的拉丁文和希腊语教师,我会驾驶帆船,在拥挤的港湾里摇橹,用苹果烧酒烹饪龙虾,障碍滑雪,我还会什么?仅仅一个小提议,轻松的语气就可以让我得到尊重:

"您肯定知道索尼推出的新款。我上星期在东京看到了,真棒!美国的大牌子与之相比太逊色了!"

但我不知道说此类的话。不想对他装模作样,我只询问这个或那个样品的重量,因为我想每个夏天都能带着电脑去布列塔尼。他于是想,我不仅又老又蠢,而且还是个愚蠢的布列塔尼女人,闭塞、笨重……贝佳西尼⑭在电子市场并没有得到什么好评。

何必浪费他大脑的灰色小细胞⑮呢(他本来拥有的数量就有

限，而且很大的比例花费在粗鲁的行径上，但他根本毫无察觉）。带着极度疲惫的屈尊态度，他建议我不如买一部艾玛氏宝贝（Hermè s-Baby）打字机，在一些旧货店里可以找得到。随后，他很坚决地把我送到出口处，勉强同意了我坚持要拿走的一叠介绍电脑基本型号的目录。

当我重新呼吸到大街上的污浊空气，寻回了路人们冷漠的目光，赞赏从"污水沟"里重拾的自我，终于解脱了。我不必依赖这些黄毛小子，而一头扎入目录里，判断哪一款电脑适合自己。

然后我就能愉快轻松地评价、捉弄给我介绍各式电脑的年轻人。他们都不到二十五岁，没有一丝灰发，我不能信任他们。但年过六旬的我们，早已习惯那些未婚的小姑娘向我们大力推荐抗皱乳霜，对静脉曲张或腿部浮肿提供各种建议。

我很快找到我想要的机型："Acer Power F1B：简单主义的典范"。这正是我想要的。"256MB 的 DDR 内存，可扩展至 1G，10/100 集成以太网卡，一体化 DVD 刻录光驱"。简单主义，真是名副其实！在这十几页的文章里，我只认得冠词和连词……

再看看下一本："Altos G510，让人折服的选择"。价钱也让人肃然起敬。哇，还有热插拔硬盘！配件越少就越贵，但越容易使用，不是吗？在同一系列里，看看"Acer Ferrari，鲜红色法拉力，真正的第一方程式，值得百分百激情"。完美的外观，而且是红色的，所以更贵些。好吧，这跟家电一样。但我要找的，比起法拉力，更应该是一部丽人行"Acer twingo"！不可能不存在。再找找。

这些宣传册任何一本的每一页上，都是些笑容灿烂的漂亮年轻人操作着电脑的画面。似乎使用电脑是件乐事。其中有很多时髦女孩，天使般的笑容，如此无忧无虑，为了让人觉得就算是个最愚蠢的女人也可以毫无困难地掌握这项技术。对于我这个文学学士，应该只是小菜一碟。

例如："Acer Aspire Travel Mate 1520，理想旅伴"。很好，我都明白：Travel Mate 就是旅行伙伴的意思。"弃旧换新为 64 比特的电脑吧"，又在推荐了，这可是"最新款"！言下之意就是该把旧的扔了。顺便把老女人也一起扔了吧，既然都到这份儿上了……

高档的机型至少都要一万五千法郎，天呀！我的学士学位一点一点地失去威望，最后变得一文不值。旧的能力是否将会成为获得新能力的障碍？

倒是有一种羽毛枫⑯，在所有的苗圃中都能找到，花三百法郎就能折得一米的嫩枝，我便可以把它种在凯尔德瑞克⑰或其他地方，而且毫不费脑。

来吧，重拾勇气吧，爱丽丝：打开这本漂亮的教科书——题名：调制解调器（Modem）。这个词实在太生僻了！在我的里特尔（Littré）字典里根本不存在，也不在四册罗勃特（Robert）词典里，哈拉普斯（Harraps）英法词典里也找不到。真是个好开端！

"这是市面上最快的调制解调器（我更想要慢一点的，但算了）。速度和下载可达到 56kbits，并能与 V34 调解器兼容。"

啊，V34！唤起我的美好回忆——V8。从前我曾有一部 V8。当然，并不是新款，只是二手货。这部福特 V8 是安德烈和我在 1947 年买的第一部车。安德烈很得意地说："八汽缸马达！喔，女士。"——抱歉，应该是：喔，调解器！⑱

我知道如何测定油量表、加润滑油、拔蓄电池、拆轮胎，甚至使用千斤顶、换上备用车胎、找到最近的修车行补轮胎。因为在那个年代，人们修理而非扔掉用过的东西或是过时的人。

总之，我并非什么都不会。但由于战争和德国占领期的缘故，直到三十岁我才拿到驾照。在拥有我们的第一部车之前，我一直用自行车随后是机动脚踏车。但我从未成为那些小女人中的一员：爆胎时——她们是当时的街头一景——停在路边搔首弄姿，等着一位异性驾驶员前来告诉她们备用车胎在哪儿并且揽下所有手工活儿。我基本上能不向男人求助而独立生活。这并不一定是优点，但我从未想象会有一天，就算付出巨大努力，仍会一个人困在路边，无人理睬。也从未想象被当今社会抛弃的这一天的到来。变成一无是处的废物，无能的，不合时宜的，像过了期的酸奶。

我不会这么容易就自暴自弃。我曾是个大学教师、记者，呸，算了。可我从来没有当众说过"呸"，尽管这是个挺迷人的词，但听起来像个在修道院里长大的女孩。

因此我又翻回使用说明的第十八页，立刻有个提示："通信软件的设计是为了使用户避免 AT 操作的困难，推荐使用调节软件来管理调解器。"啊，他们也意识到"操作困难"了！但这些人喜欢困难。他们根本没有简化的能力，坚信复杂化是个能力考验，其实简化需要更多的智慧。如果我们都懂了，他们怎么能显得高人一等呢？至于软件，我根本不知道这是什么东西。

接下来是《应急修理》，比《使用说明》还要厚。真让人担心。关于"调解器"这一章的总结里有足足三页的速度编码——"2400 bits 或者 4800，一直到 921600 bits 连接 931600 或者 56000 bits……bits、

bits、bits……"饶了我吧!!!"如果您不能参照调解器说明书解决困难，请与您的经销商联系。或者考虑 V45bis 的第五型，该款所有的 bit 都有流量控制"。安德烈说得没错：贝尔兹布尔入室了，没 bit 就没门！我只有一条出路：联系我的经销商的鸡巴⑲让他给我解释什么叫流量控制。

另想办法吧，我笨拙地在 0 到 9 闪光的按键上拨通了一个年轻的技术专家的电话，他是我朋友的朋友。终于成功地度过艰难的惩罚，完成了使命——买了一部手提电脑，并坚持低配置的，外加一台打印机，可以用来处理文档。我被迫放弃了我那可贵的老瑞敏通（Remington）和小艾马氏宝贝（这么多年来应该变成艾马氏奶奶了）。这两个忠实的伙伴陪我度过一生，用书写薄纸和爱莫尔（Armor）牌复写纸就能一次打出五份稿子，而且他们从来不会让我受辱！唉，再也找不到打字墨带。唉，我的瑞敏通上好几个按键已经坏了，用起来像在驾犁。唉，那些巴黎广场上仅剩的几个修理工怜悯地看着它，如同古生物学家发现一块猛犸象掉了牙的下颌骨……却没人有可替换的牙。正像他们对待辛格（Singer）牌老式脚踏缝纫机那样，我把我那金黑相间的瑞敏通作为艺术品摆放在门厅入口处。很多长年用瑞敏通或安德伍兹（Underwood）的朋友经过时都会轻抚它。我的瑞敏通终于过上了与之相配的退休生活。

至于我自己，鼓起勇气向贝尔兹布尔打开门：我有电脑了！南部海洋般蓝色的屏幕，就放在只属于它的专用桌上。我手里拿着它的使用手册*just for starters*。直到现在，一切都安好。

"*ONE：Begin unpacking*"。啊，begin！我很惊讶自己竟哼起那首美妙的*Begin the biguine*，之所以美妙，是因为这首歌流行于

1939 年大战之前，而且由于伴随着这首由阿蒂·肖[20]演唱的歌曲，我爱上了一起跳舞的安德烈。我们在 1939 年 9 月 2 日结婚。真是患难真情，因为战争 3 号爆发。好吧，"*Begin unpacking.*"（开始拆包装。）这个嘛，不用说我自己也会这么做的。他们当我们是弱智吗？

"*TWO*：安装电池（*batterie*）"。在法语中应该是电池（PILES），但算了。也可以叫 Plaatz de battery[21]，或者如果您愿意的话，Soet batteriet[22]。

"*THREE*：给电脑通电（*Encienda la compatadora*）"。多美的语言，又是西班牙语！

"*FOUR*：开始使用（*Begin use*）"。

十四种语言的解释条款就此一口气结束了。自己解决吧，正如那些店员所说的——如果他们有胆说的话。我翻遍这些使用条款，白费力气想找出一页图解，一张键盘图片，一些建议关于该如何画线、删除、留白……没有！在十四种语言里什么都没有！

现在是早晨九点，我身心状态都很好。没有癌症、胆固醇、偏头痛、心脏期外收缩。一切都好。我又从头开始：

"为了确保调解器的运行，请您确认 Port COM 和 IRQ 是否与您的软件相符。"

我的 IQ[23]，你知道它在说什么，我的 IQ？我告诉你们，年轻人，我的智商值有两百零一，与弗朗西斯·吉胡[24]并列。根据多年前《快报》的那次调查，卡瓦纳[25]拥有最棒的智商值。在我们出版社，我的学历最高，所以曾一度作为《我们，女人》的代表。所以我是不会被你们动摇的。但我感觉油生一股对软件设计师、电脑程序员及其他技术人员的怨恨。很明显，就像所有使用代码语言的人们一样，他们想方设法把一切设计（既然他是设计师）得让大众难以理解。但怨恨对胆固醇不好。像我这样的年纪，各种各样的病症都在潜伏中。智慧该让步了，该认识我的缺点了……暂时地，宣布贝尔兹布尔在技术争霸战第一回合胜出。

在平静中除掉这个邪恶的魔鬼吧。我寻找开关按钮。您不是开玩笑吧？这可不是烤面包机。您现在身处神奇的电子时代之中啊。操你妈的，米老鼠！我撂下还在通电的设备啜泣着逃跑了。拿起我亲爱的老电话给经销商打电话。他"很忙，这些天尽量过来一趟"。

我打给玛丽侬，她很坚决。我必须禁止自己再向亲爱的老艾马氏求助。"如果你再用它的话就别再想你的电脑。这是你最后的机会，妈妈。要坚持。"

至于萨维尔，在网上和海上都是冲浪高手。可他此刻在世界的另一头，算了。

安德烈真是太好了。看着我受挫沮丧，他十分开心，并表现了少有的同情和温柔："喔，愤怒，喔，绝望，喔，老对手，你活了这么久就是为了受如此的污辱吗？"他大声地建议用锤子屠杀我的电脑，然后带我去巴黎最好的餐馆，他了解我再绝望也抗拒不了松露滑蛋和尚波当红酒汁烹鳎目鱼。

两天后，我偶然在足浴店里听说在超市能找到一本*PC for dummies*，恰如其分地被译为法语：《给傻瓜的教科书》。看到第一行句子我的心都化了："欢迎来到破除 P. C. 魔法的世界，在这本书里，电子技术不再神圣化，相反将会为和您一样的正常人所知。"

为什么卖电脑的人将救命的书秘而不宣？一个明显的理由，爱丽丝！永远不变：这是个权利不容分享的问题。而且排斥弱势是种乐趣。这些又老又蠢的女人，生于电子时代前，试图进入早已超越了她们的行列中，而非献身于为她们设定好的方案（况且她们一直做得这么好）：家务活。这些卖电脑的会有可能想要加入家务活的行列和女人们竞争吗？这将令他们万分恐惧。

☞注释

①Belzébuth 又作 Belzébul，伽南神话中的神灵，演变为犹太教及基督教中众鬼之王。

②原文 vieille peau 为法语口语中对女性的侮辱用词，一般转译为"老贱货"，在此句中有一语双关之意。

③玫尼·凯葛尔（Ménie Grégoire, 1919—   ），法国女作家，热心于女权运动，1967—1981 年间长期参与法国 RTL 电台节目，影响广泛。

④Carte Vermeil，在法国，60 岁以上的老年人可以凭深红色的打折卡享受低价车票。

⑤加里·库柏（Gary Cooper, 1901—1961），好莱坞男星，出演电影《正午》把西部片推向高峰。

⑥Société Nationale des Chemins de Fer français，法国国营铁路公司的缩写，该公司为不同年龄段提供各种打折车票，尤其对退休老人旅行提供优惠服务，包括下文中的"第三年龄"及"退休专列"。

⑦纳博科夫的同名小说里的女主角，人们常引用来形容对成年人极具引诱力的少女形象。小说其中的一幕里，洛丽塔在摇椅上和男主角做爱。

⑧伊夫·蒙当（Yves Montand, 1921—1991），法国著名歌手。

⑨法国政府于 1944 年正式批准了妇女选举权。

⑩伊伦·若里奥－居里（Irène Joliot-Curie, 1897—1956），居里夫妇的大女

儿，获 1935 年诺贝尔化学奖。

⑪莱昂·布鲁姆（Léon Blum，1872—1950），法国社会党思想和政治领袖，文学评论家，分别于 1936、1938、1946 年间任法国政府总理。

⑫法国六十年代，戴高乐任法兰西第五共和国总统后推行一系列独断专行的右翼政策令人们极为不满，社会的矛盾和问题尖锐。左派学生对社会现状充满了仇恨和不满，1968 年 5 月巴黎大学学生集会抗议，遭到当局镇压，拉开了"五月风暴"的序幕。各工会组织举行总罢工支援学生运动，从而发展为全国性运动。1968 年的"五月风暴"颠覆了法国社会的传统价值观，深刻地影响了此后法国社会各个领域的变革，成为法国当代历史的重要转折点。

⑬法语中，"作家"（écrivain）这个名词只有阳性形式。女权主义者发明了相应的阴性形式"écrivaine"（女作家），但日常生活使用中并没有得到普及，类似的词还有大学教师、工程师等。

⑭贝佳西尼（Bécassine），法国漫画人物，由 Joseph Pinchon（1871—1953）绘制。贝佳西尼是一个到巴黎打工的布列塔尼姑娘，朴实但有些不合时宜，因此常闹笑话出洋相。曾一度代表了巴黎人眼中的外省人的形象，但布列塔尼人觉得有辱自己的民族而十分反感。

⑮（脑骨髓的）灰质。

⑯此处，爱丽丝由电脑品牌宏碁（Acer）联想到树名羽毛枫（Acer plamatum），又名紫红叶鸡爪，属槭树科。

⑰凯尔德瑞克（Kerdruc），位于法国布列塔尼地区菲尼斯泰尔省（Finistère），属耐维镇（Névez）管辖区。

⑱爱丽丝由"调解器"（modem）联想到法语俚语中的"女士"（Médème）。

⑲爱丽丝由电脑术语"bit"联想到俚语中"鸡巴"（bite）一词。

⑳阿蒂·肖（Artie Shaw，1910—2004），美国爵士音乐家，擅长小号和萨克斯管。《开始跳比津尼舞吧》（*Begin the biguine*）是他的著名单曲之一，比津尼舞是安的列斯群岛的一种民间舞。

㉑卢森堡语"安装电池"。

㉒瑞典语"安装电池"。

㉓爱丽丝把电脑术语 IRQ(中断,是指当计算机执行程序的过程中出现某个特殊情况时,会暂时中止现行程序)误认为智商值 IQ。

㉔弗朗西斯·吉胡(Françoise Giroud,1916—2003),法国著名女政治家,同时身为记者和作家。曾担任法国民主联盟政党的主席。

㉕弗朗萨·卡瓦纳(François Cavanna,1923—),法国讽刺作家、插画家,《查理周刊》的创始人之一。

3 贝利昂与玛丽侬

1973 年的一个夏日，在科克市①布列塔尼船运公司的码头上，一个年轻帅小伙儿正等待着一位让他难以忘怀的女人。作为一名爱尔兰人，他和族人们一样，把国家的悲剧历史写在脸上，似乎总带着民族历史的悲怆感。两条垂直的皱纹深深地刻在砖红色的双颊上，浓眉下苍白的双眼不情愿地打开内心世界，浓密小卷的暗红色头发柔和了鬓角的银丝，这使他的发色难以定义，和一些金发或红发的人一样，直接变成白发没有任何灰发的过渡。他的睫毛和头发一样短而卷，双手和前臂上有些红斑。他的身高超出了平均水平，上衣袖口从来都遮不住手腕。

站在码头上，贝利昂等待着他的命运，他为此已苦等了十五天因而失去了原有的痛苦；但他目前什么都不想，除了拥抱这个久别多时的女人的那一刻。

　　因为贝利昂，是特里斯坦②、兰斯洛特③、亚瑟④或者加文⑤，是个无功而返的圣杯骑士珀西瓦尔⑥，是个等待情人的男人，内心永无停息地爱着那个女人的男人。

　　　　我是那位情人吗？喔，夜的圣女

　　　　他轻声背诵

　　　　……我是那位情人吗？喔，光的女王

　　　　你，不可言语的姓氏在山间回音里沉荡

　　　　你，在年代的尽头如此美丽而宏大

　　　　你，只有我的阴影才是你的名字

　　　　喔，莫伊莱，我的光的女神……⑦

　　所有男人都在他们生命的某一刻向我祈祷，但很少有人会知道或者胆敢呼唤我的名字！仅仅一个类似的呼唤就能让我感到存在的理由。在熟晓尊奉未知事物的凯尔特国度里，所有的诗人当中，那些最疯狂的来自爱尔兰这个小岛，如此长久地远离嚣世，"生活在这个所有源泉、湖泊、山谷和丘陵的毛孔里都流淌着诗歌的大地上……"⑧

　　奇博伦号十五个小时前在细雨中离开了罗斯格弗港⑨。此刻到达科克河时已是密雨蒙蒙难以辨出河岸。在盖尔语中有十一个词用来描绘不同形态的雨，就像在魁北克，人们用十四个词汇形容各种类型的雪。从布列塔尼到这里，气温足足下降了十度，夏天似乎已经结束了。他必须在这绿色的爱尔兰放弃自己所有的准则，习惯以及审判的底线。爱尔兰的天气并不比法国的更糟，只是不一样的糟。就像玛丽侬爱贝利昂并不甚于自己的丈夫，只是爱得不同罢了。这使她更容易抵达另一种生活，在另一个男人身边，用另一种语言而非母语与他说爱。

作为命运女神，我很容易被这些依赖缘分的故事打动。我欣赏那么一小部分人类，他们看似注定过着一种传统的生活，受制于他们的宗教和社会阶层，承担着孩子、工作、烦恼，悲喜参半，我欣赏其中这些突然间相信奇迹，偷偷地像神一样行事的人们（我所说的是奥林匹克众神，这些创造了我的快乐汉们，他们是如此热情执着眷慕于各种形式的创造；或者是异教的神灵。其余的那些，极端自我中心、暴戾的一神论，并不在幸福的范畴里）。

我所谈及的以上人类，命运向他们都做了提示。尽管丝毫不知这是来自上天但他们仍成功地收取了，而有些人则需要我的帮助才能将之据为己有。

相信上天的

抑或不信的

无论怎样称呼

这道光芒

闪耀在他们的步伐中

（阿拉贡作品）

是的，尽管爱丽丝和安德烈的女儿身上毫无一见钟情的天性，然而奥科乃尔·贝利昂却拥有命中注定的一切，他是圣杯骑士的致命爱情、民族的无尽轮回和禁忌的激情集于一身的继承者。但的确有很多偶然和不幸导致了那两日的相遇。我参与其中，从始至终。

当时，贝利昂三十岁，在一家都柏林的私人公司里当飞行员。玛丽侬十九岁，在巴黎准备历史教师资格会考。这是个棕色头发、灰蓝眼睛、认真的女孩，腼腆而丝毫没有察觉自己的美丽，质疑着自己的魅力和生命中成功的机会。但在那两天里，没有任何诱惑与造作，他们缩减了正常的相互接近的步骤。仅仅第一眼，就已淹没在浪中，无需言语。当贝利昂几日后回到都柏林，一种不可分割的联系开始交织在他们之间。如此，自第一次相遇，他们成为彼此生命里的意中人。

他们当时察觉了却拒绝去相信，是因为太年轻或太没经验，去了解这种事在生命中只会出现一回，而且从此不再。贝利昂说着蹩脚的法语，在喷气式飞机里来回于欧洲与美国之间。玛丽侬通过了会考并前往非洲支教，陪伴她的未婚夫吉欧姆——黑非洲的专家，和她一样喜欢登山、喜欢沙漠。

曾经很长一段时间里，他们热情地通信，但慢慢地减少，越来越少。随后，生活将他们带回各自的轨道。他们还不知道对于那些共同度过的日夜的记忆会炽热得如此长久。他们也不曾预料，从今往后，在他们的生命中，再也不可能如此自由地同在一起。

命运常嘲弄道德。但是生活所负载的不幸与不公，甚至超出了最残酷的预言，这正是我为何时常毫无顾忌地介入尘世。但我能拾回的缘分寥寥无几，极少的男人和女人能够重新觉悟去把握这份本该保留的幸福——只因为我一时兴起化为不可思议的不期而遇。然而我的成功是罕见的，因为在每个人的四周存在着如此众多的反对力量，每个生命的定数是如此复杂……如果他们能知晓该多好！知晓所有在他们生命里发生的、能实现的、已记录的和从未发生的……

玛丽侬一度考虑是否前往爱尔兰，但世俗的沉重熄灭了难以置信的激情，她甚至怀疑是否真的和贝利昂经历过这场爱情。她通过了考试，吉欧姆等着她。她嫁给他并一起幸福地生活，直到发生了那场事故：结婚不到两年，在一场巴黎－达喀尔拉力赛中，他在毛里塔尼亚沙漠里从摩托车上摔下身亡。

在青春的惬意中，她还相信人生的缤纷多彩，相信男人还有很多，同时也出于天生的诚实，玛丽侬自从结婚后就停止了给贝利昂写信。近四十岁的他刚失去了相依为命的母亲，如今独自生活，对这一切她毫不知情。

冥冥之中，他或许也在考虑，在对玛丽侬的那份神奇爱恋和生活中现实的沉重之间做选择。他的母亲在世时一直希望他能和远房表妹成婚。蓓姬·阿莲纳和他青梅竹马。最终他妥协了。但几个月后，收到玛丽侬来信告知丈夫亡讯时，蓓姬已经怀孕了。

他也一样，出于天生的诚实，带着绝望，只允许自己每年给她写几封信，尽管他犹豫而同时狂热地盼望有一天能再见她。第一封信是通知儿子的出生，为了纪念爱尔兰自由的奠基者瓦勒拉，取教名为埃尔蒙。在这孩子的庇护下，他们恢复了规律的通信，在家长里短中掩藏着对彼此难以熄灭的激情星火。

在爱尔兰，离婚是禁止的。贝利昂来自一个道德至上的国度，而且身为父亲与丈夫的义务不允许任何的出轨。他是个不会违背自己责任的男人。至少他这么认为，直到那一天，激情使他违背了自己的原则。

玛丽侬，自吉欧姆去世后从塞内加尔回来，如今在万塞纳⑩教书。鼓励来自她的母亲爱丽丝，这个号称家里的"纵火犯"，专门从事法国仍处于萌芽阶段的女权主义研究。她的哥哥结束 IDHEC⑪ 的学业并开始了海底记录片的拍摄工作。正是通过他，玛丽侬结识了同样毕业于 IDHEC 的莫里斯。他的暧昧和殷勤吸引了她。他写歌、电影和戏剧的剧本，为法国广播电视局（ORTF）编写节目，他有种能把生活变得丰富动人的艺术。他喜欢耀眼的年轻女孩，也喜欢成熟的女人，喜欢野心勃勃的，或者失意的、肆无忌惮的、温柔的、难以相处的，女主管或者女秘书……玛丽侬并不在其中，但他们仍然相爱了。正因为他们在随后的生活里，从未停止给对方惊奇，于是构建了爱情最确凿的依靠。艾美丽在他们婚后第一年出生了。至于塞尔琳娜·坤斯坦丝，那还得更晚些时候。

至于我，命运女神，能做的只是使爱情在两人之间产生或消逝。我仅能让他们在恰当的时刻相遇，然后任其发展。借纪念霍斯将军远征起义一百八十周年⑫的机会，圣三一学院在都柏林组织了一场关于法国大革命期间爱尔兰与法国之间关系的研讨会。顺便提一提，这次远征真是个灾难（正是爱尔兰在五个世纪里所经历的一切）：为了所谓的自由把成千上万的人运到布雷斯特肯定是疯了！这个岛国被英军占领三个世纪以来饱经磨难，贫困和饥荒的蹂躏使地下军队不过是一伙汇集了农民和天主教徒的乌合之众，就像旺达人那样用矛和干草叉武装自己。但 1789 年大革命时代里，法国也不乏这样的疯子。这是个属于命运女神的时代：一群乞丐组成的军队打败了普鲁士军团带回瓦尔米战役不可思议的胜利；或者路易十六在瓦连纳被捕仅仅是因为当地邮局长官的无意一瞥，使整个历史翻天覆地。选择隆冬雪月⑬里发动起义肯定也是个疯狂之举。甚至选择了最不友好且最偏离欧洲的海岸：戈尔韦郡和克里半岛⑭，不得不说霍斯将军当年的确未满三十岁！

还没到达，舰队的三分之二已经被英国南部的暴风雨驱散，只剩十五艘军舰到达邦德利海湾，在那里暴风雨更为猛烈。第二天夜里他们解开缆绳被迫逃亡，弃爱尔兰而去，置之于橙带党⑮的恐怖残酷镇压之下。

玛丽侬一直对这个国家动荡的历史感兴趣，如此频繁的混乱与法国革命这般相似。在撰写博士论文期间，她用了好几个月来研究爱尔兰革命，而这篇论文正是以伍尔夫·托恩⑯为主题，此人于1792 年流亡到巴黎并策划了霍斯将军远征起义，最后于 1798 年在都柏林被判绞刑。也正因为这个主题，她应邀参加了研讨会。

贝利昂一直住在都柏林，如果不向他通知她的到来是绝不可能的。但她没收到他的回信，于是想他大概是不愿冒险再见她一面吧。

但他还是到机场迎接了玛丽侬。虽已多年不见，可相聚的第一眼就好像从未分离，于是他们的故事重新被续写，删除了间断的空白情节。

他们的大部分时间都被各自的工作占用，这个星期不能为彼此牺牲过多的时间。但那曾经的两夜足以证实他们是巫术的牺牲品……或者换个角度应该是魔法。受困于天主教原罪的概念，贝利昂的神秘主义最终判定自己是受蛊惑了。玛丽侬的母性也使她朝同一个方向得出一样的结论，却同时充满着狂喜。他们相约在研讨会结束后共度那一整天。他们发觉到处都充满了爱意，源源不绝：拉塞尔饭店（Russell）、里菲（Liffey）河畔、多尼戈尔（Donegal Shop）商店、国家博物馆，这股心潮，这颗悸动的心，担心被认为猥亵而低垂的眼神（他看到了吗？当然，他看到了，因为他自己的也一样），让人不能移开视线的对方的唇，相互轻抚时的骚动，还有一想起明天就要别离而令人钻心的惊恐……

但明天将是另一个故事的开始。贝利昂惊悟到他不能再放弃。有一种奇特而可耻的幸福感已深植在他内心里。而喜欢冒险下注的玛丽侬也决定不能再放过任何相见的机会。他总归是个飞行员……应该会常来法国。从此他们的生命又连接在一起，虽然彼此都深知暂时不能打乱现有的一切。他们不问将去向何方，却欣然前往……这正是人类感动我的地方——轻率！而且如此毫无理智！

所以，1973 年的一个夏日，玛丽侬在科克市布列塔尼船运公司的码头下船，在人群中寻找眼里只有她的那个男人。她的丈夫——莫里斯，去悉尼迎接环球比赛的船员。而蓓姬——贝利昂的妻子——带着儿子去伦敦。她母亲需要她帮忙照顾久病复发的偏瘫父亲。

他们拥有眼前整整的十天，于是计划前往凯里郡的斯尼姆镇，到贝利昂童年的小房子里避难。

☞**注释**

①科克（Cork），爱尔兰第二大城市，是位于爱尔兰南部海岸的一个繁忙的海港。

②特里斯坦（Tristan），中世纪文学作品《特里斯坦与伊瑟尔》(*Tristan et Iseut*) 中的主人公（据说也是圆桌骑士之一），故事起源于凯尔特的传说：骑士

特里斯坦与自己的叔父马尔克王的妻子伊瑟尔王后误饮毒汤而相爱，却无法在一起，最终双双殉情而亡。

③兰斯洛特爵士（Sir Lancelot），十二圆桌骑士里的第一勇士，与亚瑟王的王后格尼薇尔（Guinevere）相爱并私奔，导致了战争，两人最终分离分别遁入修道院。

④亚瑟王（Arthur），英格兰传说中的国王，圆桌骑士的首领。这个人物首先出现在公元6世纪末威尔士的民间传说中。到15世纪，英国作家托马·马洛礼（Thomas Malory）集前人之大成，创作了关于亚瑟王及其圆桌骑士的最完整、最有影响的文学作品《亚瑟王之死》（*La Mort d'Arthur*）。

⑤加文爵士（Gauvain 或 sir Gawain），亚瑟王的侄子，圆桌骑士之一，在为被误杀的弟弟复仇时被兰斯洛特杀死。

⑥珀西瓦尔爵士（Sir Perceval），执行圣杯任务的第三位骑士，并被指派为圣杯的守护者，他在找寻圣杯的途中碰到了 Blanchefleur 白花女士，最后跟她结了婚。

⑦让·马卡尔（Jean Markale）未发表的诗句，由查尔·勒甘泰尔（Charles le Quintrec）引用。——作者注

⑧《凯尔特人的历史》，让·马卡尔著。——作者注

⑨罗斯格弗（Roscoff），位于布列塔尼地区北部的港口小城。

⑩万塞纳（Vincennes），法国城镇，位于瓦勒德马恩省（Val-de-Marne），离巴黎市郊不远。

⑪高等电影摄像学院。——作者注

⑫1796年12月，霍斯（Hoche）将军带领15000人从法国出发讨伐英军，到达爱尔兰附近邦德利海湾遭遇暴风雨，以失败告终。

⑬雪月，法国革命政府执政期间使用的日历中的一月。——作者注

⑭戈尔韦郡地区（Connemara），克里半岛（Kerry），都位于爱尔兰西海岸。

⑮橙带党人（Orangiste），爱尔兰新教政治集团，1795年成立，因用橙色

带作为党标识，故名。

⑯伍尔夫·托恩（Wolf Tone，1763—1798），受法国大革命的影响，号召成立了爱尔兰人联合会。在法国革命政府的军事援助下，在1796和1798年间多次派遣了海军远征队前往爱尔兰，但均告失败。爱尔兰人联合会于1798年5月发动叛变，反抗英国的统治，目标是要建立一个独立的爱尔兰共和国，实现宗教平等。但由于组织混乱，遭到镇压，共30000人遇难。

4　斯宁或红色羽绒被

整整十天摆在眼前，对于从未一起度过完整几个小时的我们，早已改变了行为。贪婪的爱欲已不合时宜。我们终于可以在相遇的正常阶段里生活，先把自己变成害羞的订婚伴侣，重新开始那一个过去被我们逾越的阶段。

从我下船的科克市出发开车到斯尼姆镇需要两个小时。在那里贝利昂有一所祖传的老房子，他承认"有点破"。一句令我担心的话：一个爱尔兰人所谓的破旧，那只能是废墟！我在两个小时里重新认识身处故里的贝利昂，手放在他布满红斑的手臂上，但暂时还很客气。我们经过了美丽的弧形海湾城市科克和马库尔镇，还在邦德利港口兜了一圈，因为他想让我在纪念馆参观霍斯将军的远征。随后来到肯玛尔镇，最终到达五彩的斯尼姆，离我们的目的地——黑水码头（Blackwater Pier）仅几公里的路程。这个被遗弃的城镇，几乎只遗留了城镇的记忆，正如我们在西部看到的很多城镇一样。仅剩下一些破漏的顶棚下大开着窗棂的墙面，房梁仍直指天穹犹如乞求复仇的臂膀。在错杂的小路尽头，布满大片刚刚枯萎的蓝蓟草的海滩上，贝利昂的"老房子"已经历了一百五十年的历史。生活在那个年代的居民必须选择就地死于饥饿或者移民美洲。短短五年间，一百五十万爱尔兰人死于饥荒而另一百万人不得不背井离乡。

这两种情况的结果对于爱尔兰是个灾难：从被英国新教徒烧毁的天主教堂、荒芜的庄园和城堡，直到废弃的城镇和被遗忘的文化，西部各省就像全体被判了死刑。

"要么下地狱，要么去阔纳特"① (Or hell, or Connaught)，这正是克伦威尔 1654 年的一句名言。当时他征服了爱尔兰四分之三的领土，把刚刚打败的两百万盖尔人赶到凯里郡贫瘠的荒原和阔纳特蛮荒的海湾上。

这就是阔纳特，简而言之就是地狱。

尽管贝利昂提前让我对于等待我们的一切做好思想准备。然而，面对这些只剩框架的房子，废墟中的废墟时，该如何解释这四个世纪后仍让参观者窒息的悲凉？只有贝利昂的老房子依然屹立着面朝大海，比起我们那儿的任何茅屋更破旧，简直连小茅屋都称不上。更不堪入目的还有，沥青板搭建的顶棚和野草侵占的老花园，到处长着一些在法国路边常见的野花——总让童年时代的我幻想发明一些古怪的剪草机器。

"为什么你不再盖个茅草顶，和你从前的房子一样？"

"因为建了蓄水池，"贝利昂自豪地说道，"而茅草不能把水引下来。再说也太贵了。从前每个农民都自己铺房顶，但现在这儿已经没什么农民了。如今茅草屋顶是给游客准备的。"

　　他带我参观了他的领地：草草修补过的凉棚，放着一艘同样匆忙粗略修理过的小船——为了我们可以去钓鱼；还有捕龙虾用的柳条笼——我们布列塔尼的任何甲壳动物都不会那么幼稚地钻进去乖乖就擒！房子后面安置了淋浴房，就在蓄水池旁，还安了带百叶窗的门，为了防范雨水和潮湿。洗澡的时候无所谓……

　　据这些布局看来，我不排除需要从室外进入这个……说得不好听叫"粪坑"——仅仅简陋地在上头安放了一个挖了洞的椅子。

　　轻抚着无际沙滩的大海，被莫可名状的光笼罩着——既非晨也非夜：正是那水陆未曾分离的行星外部所包裹的光，液状的光。但并未真的下雨，不，或者说，没怎么下。仅仅是个借口好让我们必须赶紧回屋。和布列塔尼的茅屋一样，进门是条中心走廊，两边各一间房：右边卧室左边厨房，每间都配有砖砌的壁炉，里面早已生好了火，漂亮的大块泥炭里还夹着几根稻草。除了走廊上铺了几块平石板，地板全是压实的泥土。用松木粗糙加工的箱子和板凳代替了家具；在桌上摆着煤油灯，角落里放着一盏酒精炉和水龙头下的一个洗碗槽，在整个环境里显得很突兀。

　　我们有点惊惶失措，四目相觑。贝利昂猛然通过我的眼睛审视了自己的房子，质疑对我的邀请是否正确。他既不善于说话也不会提议。我们似乎除了做爱没什么可做的！从来没有聊天或是其他的乐趣……从来没有一起干点杂活、购物、下厨……尽是无聊的问题，比如"你想喝点什么?"或者"你那儿有什么新鲜事吗?"这些话似乎全都不合时宜，我们各自的"那儿"都失去了所有的现实意义。我们在这儿，在这块乌有之地上，惟一的真实只有对彼此活生生的肉体的欲望和交替着浮现强烈感官的狂乱目光。无需言语，任彼此相互结合，答案就在我们本身，我们所处的就是宇宙的中心。

在房间的一角，摆着一张高脚农家床，放着一张会随着我们每一个动作咯吱作响的草垫，铺着全新的麻布床罩，闻起来像是祖母家里熟悉的粗亚麻气味。为了保暖，贝利昂从都柏林带了一条红色的羽绒被。

"我没时间让你入住一间真正的房子。"他叹气说道，"我的时间至少应该用在和你在一起，你明白的。"

"你已经做得很好了，我的爱 (my love)，况且这是个大工程：一个世纪以来没人住在这儿，你说呢?"

"对，没错! 我父母那会儿已经是三十多年前的事了。是他们修了蓄水池安了洗碗槽。在凉棚里他们养了头奶牛，在后山谷放养一群绵羊，还有一头可以拉车去斯尼姆的驴。但他们没能留多久：就像在坟场里惟一的生者! 我八或九岁时，他们就离开了，为了让我能去上学。我失望透了。我不怕这镇上的死魂。他们跟我交谈……是我的朋友!"

我于是想象我的九岁小红发男孩，背着书包，满脸红雀斑，带着精灵的忧郁。萦绕在他童年的沼泽地里的精灵们如今还在他的梦里，我敢肯定。

明天还有时间谈论我们的童年，交谈不是我们当前交流的方式。我们只能听懂一种语言：在羽褥下心有灵犀的呢喃。

爱意主宰了语言和行动，不知不觉地，我们甚至没能分辨开始和结束。况且没有结束，因为我们拥有永恒在眼前：十天！在我睡意袭来前，贝利昂把被子盖在我肩膀上，像他这样年纪的男人一个应有的举动却让我热泪盈眶。我像一个史前穴居时代的女人，由她的男人为她盖上兽皮，看护她不受野兽和恶灵的伤害。

我不知道那天夜里我们是否睡着了。贝利昂时不时起来往壁炉里添炭。轻微噼啪作响的蓝色火焰如鬼火一般。

清晨，我起床透过小窗看灰色雨究竟有多大。层层海浪上的泡沫在沙滩上相互追逐。如果说能刮一阵风的话，天空会顷刻间改变了主意，阳光下的景色将变得清晰而明朗。阵阵细风掠过，直到水的尽头，在沙滩上留下它们星形的脚印。

厨房里，贝利昂什么都准备好了！小圆面包在火炭上烤着，冒着泡沫的牛奶装在一个缺了口的英国陶罐里，釉面的玫瑰花蕾底纹上绘着嬉戏的兔子。英国人没法抗拒玫瑰花蕾和小兔子，他们绝不能原谅法国人竟然会吃洋葱佐葡萄酒焖班尼兔②！

"别动，快看！"贝利昂突然对我说道，并用下巴朝小路方向示意：一只大锦鸡，拖着绚丽的裙摆，尊贵不凡地闲庭信步，就好像这是它的地盘，它的伴侣跟随其后。"早上你会看到野兔们在草丛里玩耍。这是它们的地盘，还有一些水貂、紫貂、狐狸。我们是灭绝种类的两个标本——我们才是闯入者！"

"也不尽然吧。"我问道，"几点啦？十点开始退潮！如果我们还想在早餐吃点虾和蚶的话……"

"也不尽然吧？It's not all that③？什么意思？我从未在法语课

本上见过这句话！"

"一个没法翻译成英文的表达，用法语也没法解释！算了，贝利昂，let fall④，正如你从不会这么说一样。走吧，穿上水靴出发吧。我来这儿就是为了捕鱼出海，这儿对我来说太神奇了！"

"捕鱼这个动词用闭音符还是长音符？"

"瞧瞧，你法语的进步真不小……但名词'捕鱼'，可以是另一回事⑤……"

"Yes：another pair of sleeves⑥"，贝利昂屈从了外语的晦涩。

我们首先前去海边捕鱼。晚上涨潮时再把柳条笼放在水里并绑在船坞上。这可能是曾经为了几艘高傲的库拉舟⑦靠岸而建的小码头，如今已塌陷破碎，松散的缆绳、残破的桨、一些看起来已经被遗弃了五十年的工具、废轮胎和船炉的膛壳。对于爱尔兰人来说，大海首先是个垃圾场。这些乱糟糟、马马虎虎、修修补补的冠军们乐此不疲地用食物夹代替摩托艇的锚，破木板代替桨，厨房里随意的绳结代替水手神圣的缆结。既然河流俨然已是垃圾桶，大海更不可能是个食品柜！没人会急着去拾那些覆满礁石泛着蓝光的贻贝，去追捕海带底下的虾，或者去拣缀锦蛤——昨晚我在沙滩上拾了好几个双孔的。他们宁死也不到海里找吃的！

"这并不夸张，"贝利昂证实道，"上个世纪，每当马铃薯甲虫毁了收土豆的季节，他们就死在海岸上——正是我们现在所处的，有将近几十万人——也不愿到海里找吃的！这是一个在这国度里无法解释的现象之一。我询问过一些历史学家、社会学家、大学者……问这是否是个宗教的禁令、习俗的禁忌、或者是占领者禁止爱尔兰人拥有自己的船只的法律?"

"但至少孩子能在海边捕鱼,再怎样也不能饿死啊!真是疯了,这段历史。"

"这个国家的一切都疯了,"贝利昂说道,"'爱尔兰是个神经病人',我们的一位诗人说过,但我不记得是哪位了,太多了……"

"他们都有可能这么写!没什么比爱尔兰作家更能诋毁爱尔兰了。"

"而且他们永远都不会改过。"

"如果你需要我的建议,贝利昂,找个巫师咨询。怎么能理解你们的圣巴特里克⑧竟是乘着石槽到欧洲大陆传教布道的?维京人当时早就有龙头船了,这盖耳人教士竟然选择一个石槽……真是疯狂的想法!"

"相反,"贝利昂宣布,"你们这些来自笛卡儿国度的人们永远都不会了解爱尔兰。圣巴特里克知道信念能让他浮起来。心诚则灵!他们没有木材建船只,缺乏经验出海,但有的是信念。他们应用了现有的材料!他们用了他们能找到的材料!结局你也知道……修道院布满法国,瑞米耶日⑨,瑞士的圣嘉尔⑩,其余还有很多!"

"如今,同样要出海,我觉得也需要信念让你刚给我看的那条破船浮起来……我这个异教徒会害我们两人沉船的。在沙滩上捕鱼要平安得多,尤其用我从霍斯阔弗带来的小玩意儿,瞧!"

拆开我那全新的家伙:一个手柄可拆卸的捞网、铝制的棘轮轴节,网纱蓝得像南方的海。捞虾网的"美洲豹"(Jaguar)!出发前我很犹豫是否应该把它绑在行李箱上，担心自己看起来像旅行中的贝佳西尼！但随后在爱尔兰码头上，我发现到处都是布列塔尼和诺曼底的渔夫，配备了尖端的可以捕获三文鱼和鲨鱼的工具，最新型的渔竿绕线筒，甚至在他们的背包里还装着尼龙的三层刺网！在这群温和的狂人里，我还不至于是最可笑的……

"温和?"贝利昂抗议，"你们这群捕食动物，对！谋杀者！跟非洲猎杀老虎的狩猎者没什么两样。都一样！别以为鱼儿不会呼救而不为人知……"

"又挑衅了，我的宝贝儿。"大叫着，我把脚伸进水里，虽然有墨西哥湾暖流，但海水还是冰冷刺骨。我武装得像个法罗群岛的渔夫：高筒靴、油布雨帽、雨衣、斜挎的背篓、装虾的腰包，一把钩子和捞网挂在背上。

在一块看似一无所有的礁石底下，我尝试在它的海带丛里发动第一次进攻。真是我生命中的惊喜！三十甚至五十只长臂虾——我们那儿的商人称之为"帝豪大明虾"，在网底疯狂地扭动。我一不小心发现矿床了吗？不对，在每一堆海带下面，每一洼水坑里，每一处水草丛内，蠕动着成千上万只透明的甲壳动物，多少个世纪以来从未被人类打扰过！我转过头向贝利昂叫出我心中的狂喜：

"这儿都是老虎！捕食动物要开饭了！你这儿真是太棒了！"

他站在海里，水漫至腰间，一手拿着断成两半的手把，另一边拿着渔网——那是他在凉棚里找到的旧渔网上撕下的一角，碰上第一块礁石就被撕破了。我没时间同情他：任何爱也无法抵抗如此富饶的大潮里的诱惑。

我的背篓很快就满了，真是可惜，尽管已经把上千只我认为不大的虾扔回海里，而且是以布列塔尼最大的虾为标准。但我又发现有一处没有海藻，水质透明，十分适于海胆生长的水洼。只需弯下腰：几秒钟内我拾到了二十多枚，就卡在一块石头缺口里，它们长得如此肥厚，从未遇到过天敌所以根本不曾移动；我要把它们救离此地，可怜的东西……我带了一把长柄折刀，当场吃掉那些硬扯时破掉的。它们不能保存太久……

"你喜欢海胆吗？"我对贝利昂喊道。他正在海水里毫无目的地游走。一丝细微的惊怵浮现在他脸上，这让我今天的采集被迫中断了。

就把那些缀锦蛤和贝蛤留在布满青苔的石头下面吧。也不管那些被退潮海水惊动的扇贝们了。它们那么冒失地拍响贝壳，轻易就会被发现！

尤其保留在这股只属于海洋的强烈味道中令人眩晕的探索与发现。海洋无数的物种里，动物逐渐与植物融合，以至于我们根本不能鉴别那些奇怪的生物究竟属于哪个种类。珊瑚，粉色或棕色的海带，藻边苔藓，各种形状行动迟缓的东西，疯狂想象力的创造物们，还有那些大部分已在老欧洲水域里消失了，仅残存于布列塔尼西部远处极少岛屿上的濒临灭绝的物种：石蚴、海参、海龙和我在孔卡诺⑪的童年时代的海马。

同样让人眩晕的是，当我看到一个和海马一样稀有的（或者说人马兽？）异教徒朝我走来……我暂时只看到他的鬣毛和上身……不，看到他的双腿了，这不是一头人马兽，却是个为爱疯狂的男人，把一个戴着湿透的羊毛帽，衣服沾着斑斑淤泥，穿着系带筒靴的法罗岛渔妇，当成刚刚诞生浮出海面的维纳斯。

我放弃了不可能带回来的宝贝们，两人精疲力竭地一同回到应该称之为"房子"的废墟里。

贝利昂把淋浴桶的水加热。这是个神奇发明：底部被刺成莲蓬头，只要拉一拉绳就能使用。"Sancta simplicitas⑫"！他打开房间的门，为了给那间他们坚持称为浴室的小破屋添暖，在火炭上添了几个小煤球。我拉开小水栓、小卷帘，热水像小溪缓缓流下。与此相比，任何一个极可意（Jacazzi）水流按摩浴缸对我而言从此不再豪华奢侈。

我听到贝利昂在厨房里呻吟着把活虾扔进一大盆烧开的海水里。"看着它们死也一样的残忍，况且熟了味道就没那么好了。"我向他如此保证。于是他在一旁看着我撬开海胆，剥扇贝的壳，把馅塞进缀锦蛤里，最后打开了伏特加。我们俩一块儿开心地享用了这顿海鲜。慷慨的大海，一切的源头，现在正重新涨潮，在雨中竖起一身的鸡皮疙瘩，让那群幼稚无辜的虾在巨大的海带下撤退远离我（"我们那些伙伴们会出什么事呢？"它们相互问着……），丝毫不知自己明天和一个不会饶过它们的残忍法国女人有约。

剥最后一只虾之前，一抹伪君子般狡诈的微笑浮现在嘴角上，贝利昂提醒我此刻的天空满溢着当地人——"凯里人"（Kerry Man）所谓的"大雨"（heavy rain）。他发觉我还想在大浪里出海，于是向我保证在这种"*heavy rain*"的天气里只能做爱。既然他熟悉自己的国家，就不会去冒这种大风险：那就在床上精疲力竭地过完十天吧。

我们俩对望着，像犯药瘾的吸毒者，都知道解药在哪儿，就在那红色羽绒被上。我们像两个幸福的傻瓜般大笑起来。因为除了自己，什么都不能干预我们。因为这儿没有电话、没有邻居、没有电、没有道德或者生活的法律，因为这儿什么都没有，除了这同谋般的大雨和一床红羽绒被；我们想笑到何时都可以，因为十天后，我们将为没能耗尽这欲望而哭泣，所有的一切谋合着拆散我们。

但每份爱情都有自己的永恒，而我们现在只是处在自己那份永恒的第一天。

这是欧洲的最西端，天会一直亮到二十三点。我还有时间用早上捞虾时捕到的鱼做成鱼饵放在柳条笼里，用在船坞拾到的铁丝和线头把它扎好。

"你已经是个爱尔兰女人了。"贝利昂赞赏道。

"当然。"我回答，"尤其喝了你给我的帕蒂酒！"

划着桨，我们把柳条笼放在海湾一处突起的礁石下。那儿有个小洞，如果我是只龙虾，一定会选择此地定居的。

在小镇里，大自然已经渐渐地收回它所有的恩赐。但我们在回来的路上还是采了一大捧禾本科植物和有着古老名字的野花：白屈菜、红门兰、狐茅、紫泽兰、虞美人、绯红的洋地黄，都献给贝利昂的房子，这三十年来无人照料的房子。

我们把花草插到一个锌桶里，放在地上，老房子突然间变得像个真正的房子。

我在厨房用煤油灯微弱的火烹煮贝蛤，贝利昂则在两个壁炉上晾烤我们俩润湿的渔服。厚厚的蒸汽里散发着浓浓的海腥和淡淡的煤炭味。屋外天暗了，只能分辨出树影，这些在废墟上存活下来，被强风朝同一个方向吹斜的树木，像一群不服死的蓬头乱发的老人。透过蜘蛛网和雨水交织条纹的窗，我辨认出一些影子在废墟里匆匆地移动着。曾经在这儿生活的人们想知道究竟是谁回到这个地方了。每个房子里亮起了熹微的光，蜡烛点起来了。我们的门关好了吗？一阵阵风摇晃着门板，雨从合不拢的木板间渗了进来，淅淅沥沥地流淌开。凉棚百叶窗悲凄地相互拍响着。当然这只是风罢了。

"我是不是在做梦？贝利昂……"

紧靠在窗玻璃的另一边，刚刚出现了一双金色的眼睛在看着我们。两只黄眼睛周围没有表情也没有脸，一动不动地没有丝毫眨眼地注视我们。

"是只狐狸。别怕，它们在这儿从不会攻击人。"

"快叫它走。只有你会驯化死魂。这目光让我不自在。"

贝利昂朝窗子靠了过去，黄眼睛就消失了。或者说熄灭了。

"我的小笛卡儿主义者变成爱尔兰妖术的牺牲品了。我喜欢这样……"

我抱着他，紧紧地抱在双臂间，把手放进他的衬衣下，为了证实这是活生生的他。就像所有红发的人，他私密处的皮肤很白而且十分柔软。

"你在这样一个夜晚想做什么？生十二个孩子，就像你的祖先那样？"

"明晚我们去'小提琴盲乐师'。这儿很多人去酒吧。跟你所知的完全不同。这个星期正好有个很棒的音乐家，大概是古老的吟游歌手之类……我在经过肯玛尔镇时看到了广告。他叫帕克·达尔（Pecker Dunne），在这儿小有名气。"

在远景的阵阵雨声和海浪声中，又出现另一种水声警告我们：房间里漏雨了，水从一块被吹移的房顶沥青板缝里流下。贝利昂不会为这点小事激动，只放了个旧锅接水。当然锅也是漏的，一小股水流在泥地板上。

"别担心，不会流多远。泥地板会吸水。这就是它相比瓷砖地的好处。"

他说得如此严肃以至于我没心思笑话。他如此严肃地靠过来以至于我忘了为何想笑。这个男人做爱就像在做他的祷告一样，我于是跪下了。永远刮风下雨吧，我们祈祷。没有什么比这鬼魂的城镇和这个把我揽入双臂中、双腿间，把我吞没的男人更真实的。

早晨，天空蓝得如此无辜，好像什么都没发生过。我们前去收回柳条笼。我发现了黄色浮标，疲惫却依然顽强地漂着。每人手里拿着一只桨，我们沿着海湾向南面划去。一群红嘴蛎鹬从身旁飞过。一对鹭惊奇地望着我们：在鹭鸟的记忆中它们从未见过如此滑稽的两条腿哺乳动物。我没敢带上我的捞网，诱惑实在太大了。昨天还剩一公斤的大明虾，借鉴没有冰箱时代里农民们的做法，我把它们放在一个袋子里挂在凉棚檐下，防动物偷食。

我向前扑去抓住了浮标。昨天我在笼里塞了块重石，因为还不了解这里海浪的强度。当然，贝利昂也不知道。他能叫出每种云层的名字，却对这个海湾里就算是好天气都是一幅惊愕景致的礁石群一无所知。我拽起笼子，两只龙虾浮出水面：一大只一公斤左右，和"一客"小个龙虾——就像餐馆里所说的。我不敢肯定有能够容下它们的筐，所以必须连笼带到岸上。心想：上万的爱尔兰人本可以每天吃龙虾活下来的。

我们没有煮龙虾的容器所以把它们放在海带丛的阴影里，待会儿去镇里买个鱼锅。我们还需要一些捕鱼工具、开海胆的尖头剪子、吃虾蟹前整用的钳子、挑滨螺的针签。我在这儿只找到一把开罐器，贝利昂用来开那些可怕的番茄豆子罐头，还有一把开健力士黑啤的起子。一个男人的房子，更糟的是，一个习惯了物质的匮乏的爱尔兰男人。

汽车是一部老福特，这随时断气的破车却和景色很相衬：这儿是绵羊们的地盘，罕见的机动车辆必须等着牲畜先过，这些动物看也不看一眼车辆，更不会急着走一步。

我们穿过一片平原，地面上覆盖着金羊毛般的欧石楠和小矮人的荆豆苗。粉红色、黄色和淡紫色，像是给大地铺上一张宽大的五彩羊毛地毯，像极了那些在本地所有"craft-shop⑬"里出售的地毯。一些泥炭整齐地排列在道路两旁，就像当地黑黝黝的农民切成块状搁在路边晾在雨中的黑布丁一样。在这里，人们根本不在乎恶劣的气候。

一路上我们遇到一辆由几头瘦弱的驴拉的两轮小车，在每个农场间收购牛奶；还有几个勇敢的骑自行车旅行者，披着尼龙斗篷，有着典型的爱尔兰瘦削体格，戴着猎人帽的高大老农夫，根本不考虑什么雨衣或是防水帽，穿着经久耐磨却邋遢的爱尔兰彩色呢子套装，在雨中驱车，行进在永远泥泞、远离村镇、并且肯定哪儿也通不到的小路上，或者坐在石头上等待戈多⑭或其他人，反正都得花时间。

一个小时的行程后到达的肯玛尔，是一个"以它的牲口集市著称的农民大城镇"。这是我的导游说的。的确，沾满污泥与牛粪的广场和大街上到处闲游着好斗的小母牛、轻浮的公牛和恶魔般的山羊……

在这里，动物们也是凯尔特的，都有着荒谬的举止。

罕见的几名游客为了寻找工艺品店而出没于鸡笼和草垛之间。那儿不外乎就是在橱窗里丝毫没有艺术感地堆放展示着大同小异的产品：虫蛀过的玩具绵羊、硬得实在不公道的埃伦岛的白色毛衣、镀金的凯尔特竖琴或三叶草⑮的钥匙扣，还有爱尔兰咖啡刻度杯。"在广场上，有一座亡者纪念碑，永远都摆着花，"贝利昂跟我解释，"因为这儿的爱尔兰人认为独立战争并未结束。在北部，人们每天还在为此献身，贝尔法斯特、伦敦德里（1984年改名为德里），还有仍属于英国的阿尔斯特。在都柏林，人们假装忘却了，但在盖耳地区⑯，和平尚未签署。明天我带你去看卡赫希文⑰的著名纪念碑：竖立着凯尔特十字架的巨石柱上面刻着未完成的死者名单。日期：1917，从内战开始，接下来是空白。只要这个岛国不独立，这个日期就会永远留白……我有个表弟就在IRA（爱尔兰共和军）里……这儿所有人都一样。"

"我印象中你们在这个岛上已经打了好几个世纪的仗了。'我的上帝，被屠杀的凯尔特人，乞求您的怜悯……'你认识布列塔尼诗人萨维尔·卡尔⑱吗，我们曾在蓬阿旺和他喝过一杯，记得吗？"

"而且他居然叫卡尔，多么凯尔特的姓氏啊！他的诗句将是这个纪念碑上极美的墓志铭……给还活着的死人和不知自己有日将被刻在其上的人们。"

"'石头早已寻思在哪儿刻上你们的名字',正如阿拉贡的诗句所言。这有点像法国被占领期时的抵抗运动。"

"没错,但我们这儿已经持续五十年了,你能想象吗?在这儿,什么都不正常,和平或者战争。"

"爱情也一样。"玛丽侬不知为什么加了一句,"这是明摆着的事实。"

等待节目开演期间,我们到我的导游推荐的"肯玛尔最好的餐馆"吃晚饭。和往常一样,很脏。小牛排像没完全解冻的水牛或猛犸象的肉,夹馅生蚝太硬,只有野生三文鱼很可口。他们斗胆推荐的前餐冷盘,竟是速冻的英格兰小虾佐鸡尾酒,泡在美式番茄酱里。似乎从未有人想象西海沿岸上攒动着盼望被捕获的虾蟹们,而在巴黎同样的货价值五百法郎一公斤。我告诉老板娘并跟她报了我们那儿最顶级餐馆——例如拉库伯尔(La Coupole)和朵姆(Dôme)的海胆价格。她睁大惊恐的双眼,把我当成病人。我们法国人还吃青蛙和蜗牛,怎可能得到他们的信任?

晚上十点,我们来到"小提琴盲乐师"。帕克·达尔的演出十一点开始。但酒吧里已经挤满了携家带口的观众,都是典型的爱尔兰家庭:所有年龄层的孩子们,一两个穿着传统的女教徒,两三个孕妇正给怀里出生不久的婴儿喂奶,祖母们,坐着轮椅的残疾人,兴高采烈的女孩们还有坏小伙儿们;男人们都在吧台喝着健力士黑啤抽着烟斗,炉火在一旁如忠诚伙伴般安静地燃烧。在舞台上,一个年轻女孩伴着手风琴声唱着熟悉的歌谣,讲述爱尔兰的苦难、英国人的残暴、战争、死亡或者流亡的年轻人。镇民们穿着沾满泥的旧鞋，头戴着呢子帽，站起来唱着歌咒骂玛格丽特·撒切尔，歌颂爱尔兰英雄的壮举，国王布赖恩·博鲁⑲和大卫·奥康纳⑳，随后柔和地唱起茉莉·玛龙㉑的故事。

在通道的一角，四个可爱的小女孩在跳爱尔兰舞蹈。双臂垂在身体两侧一动不动，只有纤细的腿在节奏均匀地跳动着。

我们还未点爱尔兰咖啡，女招待就已经把两杯放在桌上。"那边的四位先生请的。"她解释说，"为了纪念戴高乐将军七十年代来到此地。他们听说您是法国人所以特地欢迎您的到来，同样也向先生问好。"

我透过烟雾向酒吧另一头的他们致意。现在所有人开始跳起舞。我不知道贝利昂是否喜欢跳舞，但我们起身加入人群。音乐里手风琴加了吉他和风笛。所有人都在走道上，无论年龄、优雅美丽与否。从十五岁到七十五岁，爵士舞、奥弗涅舞、摇摆舞，甚至乱跳一气。有个滑稽的小姑娘，被牛仔裤裹得像根小香肠，胖胖的脸颊上布满红色的雀斑，正教一个笨拙却专心致志的伙伴跳街舞。为了更好地示范，她突然把鞋脱下来，脚上刹那间长出了翅膀，她被笼罩在优美的恩泽里。

贝利昂跳起舞像头熊，但我喜欢熊。他紧紧地搂着我，我什么也不问，只是羡慕地看着小姑娘的翅膀。她做了个友好的手势并向我伸出手……什么也没想，我也脱掉了凉鞋。翅膀在我脚上与手上展开，轮到我自己开始飘舞，离开贝利昂双臂的庇护，我独自起舞，仅仅为了舞蹈的快乐。我感觉到自由，这是有生第一次想大叫……我快乐地笑着，我想大声喊："成功了，妈妈，快看，我多优美。实现了，妈妈，看呀！卢尔德的奇迹㉒！我不再是笨拙的那个我……"仿佛从魔法的诅咒——那从来不敢尝试的纠缠懊悔中解放了。抑或是从来不会？从来不能？从来不知道究竟是什么自少女时代起就开始阻碍着我。病态的羞涩吗？拥有女人身子的羞耻感吗？在基督教女校里被反复灌输拒绝诱惑的思想吗？虽然我在那儿完成了所有的学业，而且如此喜欢那儿，也许正是太喜欢的缘故？是的，所有这一切。但为什么这些我舍弃已久的概念却深印在我的行为里？

1968 年五月风暴也许可以拯救我。但对我来说太晚了，我当时已经二十七岁。泥雕已经凝固了。既然我可以大方地运动、滑雪、游泳，为什么我跳不了舞呢？爱丽丝，这可怕的完美主义者，送我去学跳舞。在瓦连纳大街的"乔治和柔斯"学校里，好几个星期之内，我学跳华尔兹、伦巴、爵士，一点进步也没有。我自知必须去尝试、去克服，但力量一开始就消失了，我没法向双腿下任何命令。我只喜欢慢步舞和探戈，因为可以任舞伴摆布。如果把我放开，我会当场僵住，保持最后一个动作……但这天晚上，突然间，在这个古旧的酒吧里，我的身体插上电，电流通过了。"看，妈妈，我在跳舞。妈妈，我多优美！"这儿没人会对我说："你怎么了，玛丽侬？你喝醉了吧？"

是否因为贝利昂糊涂而又无条件的爱情？因为爱尔兰咖啡的缘故？还是因为我身边是这群农妇居多的群众，并非那些巴黎夜店里目空一切的男生和性感自信的女孩？可怜的傻瓜！你长久以来如此惧怕男性。可怜可怜的傻瓜！我在六十年代里把他们当成我的命运主宰。无论我的个人价值如何，是他们决定我的位置，我们所有女人的位置。

我看着我那些圣克罗蒂德中学里的朋友们一个个变成了别人的妻子——土伦㉓海事公务员的，圣康坦㉔工程师的，杜塞尔多夫㉕或海参崴文化专员的，失业演员的，依桑诺警察副局长的——或者在我眼里最糟糕的：留在修道院深处当耶稣基督的妻子。六十年代里，还未存在角色的危机，婚姻和圣职里都没有。我甚至看到艾莲娜，爱丽丝的小妹妹，身怀艺术天赋和抱负，却最终嫁给维克多——这位生活与思想的大师，比她大十二岁，受聘于各大医院的医生，成功地把她塑造成一个完美的妻子，从此再也没人见过曾是精灵与诗人的她。

我这一辈女人如此温驯，想必是法国的最后一代。对于当时的我们而言，一个女孩的未来不过是在一个临时的营房里，每个人都准备着失去一切，包括自己的姓氏甚至祖国。

我现在意识到自己之所以如此爱莫里斯，是因为他对自由的那份深挚的尊敬。当然首先是对于他自己的自由。但无论他为此付出多少代价，也会同样如此对待他人。尽管如此，他还是不能消除我的恐惧。这无可救药的恐惧同样存在于众多少女身上，似乎成了某种与众不同的个性。如今我们有时能在某些环境与时机中变得和其他人一样，而我们原以为天生的秉性对自身而言不过是一种强制的伪装。

对于我，这个时机大概是贝利昂的爱，连同与爱尔兰的相遇——在这个国度奇迹只是寻常事。这正是为何，就在今夜，你的女儿开始跳舞，爱丽丝，就像是她从来都会跳那样。根本没必要去"乔治和柔斯"学校……因为一切都在脑中，甚至双腿上！

二十三点三十分，终于，帕克·达尔来了。他看似几分醉意，脏兮兮，蓬头乱发，衣衫褴褛，苍老，唱起歌来却像个受灵感庇护的流浪汉，像维索斯基[26]，像菲利普·雷欧达尔[27]，被酒精灼哑的嗓音却能撕碎人心。这个带着银灰耳环的牧神（Faune）[28]会弹奏所有的乐器：风笛、竖琴或班卓琴，朗诵着他所偏爱的激昂诗篇。两个小时里，所有的听众都被他丑陋外表下的魅力所征服。

"我们这些盖耳地区的爱尔兰人，"他预告似的开场了，"首先，我们从来什么都不会！但我们是继希腊人之后，空前绝后的最伟大的大话王。这可是奥斯卡·王尔德说的。"

喝第四杯爱尔兰咖啡时，我也开始跟着歌唱 IRA 的英雄主义和对英国人的仇恨，歌唱在贝尔法斯特监狱里绝食而亡的波比·桑[29]和贝娜德特·德弗林[30]，残忍的玛格丽特·撒切尔和背信弃义的英格兰。

贝利昂开着像一头跳跃着的美洲豹般的破车，颠簸地把我们载回黑水码头。曲折的小路上始终空无一人，因为沿路村庄里一个世纪以来都无人居住，死魂也许能点亮他们房里的蜡烛但绝对不会开车。

一切都会结束，永恒也如此。日子一天天地过去，龙虾们在笼里互相拥挤着，还有那些梭子蟹和黄道蟹，以及用"爱尔兰式"旧捞网在沙滩里捕到的一条大菱鲆。更别提晴雨交替的两次暴雨，还有由狂风从斯凯利格岛[31]上带来的贝桑鲣鸟，一只只直扎入海里……像一群疯子，给我们俩上演了世上最精彩的马戏表演。如果说爱尔兰什么都不像，也不像任何人，是因为据贝利昂的看法，她从未被罗马人的入侵玷污过。但在最后的十个世纪以来，却什么都没能幸免，因而变成如今这般模样。若非如此，会是酒鬼，诗人或者疯子？

"三者同时皆是。"贝利昂回答，"你看！我们生活在这儿，怀着疯狂的、诗意的和酒精般的爱，这比起泥炭能更好地取暖，正如你那本神奇的《蓝色旅行指南》所说的：'泥炭燃烧产生的热量很小'。"

"你在黑水码头怎么过的夜，既无报纸，也没电视、电话、朋友，甚至电？"爱丽丝会这么问我。

"我们俩在一起，妈妈，仅此而已。这就够了。"

"但也不可能不停地做爱啊！"

"首先的确如此，完全可以。此外，剩下的时间我们还是做爱……"

我不敢问她是否了解……知心母女之间也不该有闺中密友般的悄悄话。她很高兴我向她倾诉，但从来不多问。我估计她不曾体验像贝利昂这样的情人。因为这些夺目的光辉㉜极少停留在大地上。况且我估计安德烈从来都不会体贴她的阴蒂。我们父母的性生活是神秘而晦涩的，而且必须如此保持以便于他们能占据不可替代的地位，无论是父亲的还是母亲的。

出发前夜，我第一次在贝利昂的眼睛之外端详自己。挂在洗碗槽上的小镜子早就摔坏了，就像这屋里所剩的其他物品一样无一例外的残破。但它足以让我看到在这个国度里所有的一切衰败得如此迅速。到达时还是个优雅的巴黎女子，八天后我几乎认不出自己了。蓬头垢面，一身去不掉的海咸味，痂痕累累的双手，衣服上带着一股挥之不去的虾蟹味一直延伸到头发里。我没带洗发水和卷发夹，因为这儿也没法用电吹风。我们决定去理发店，也就是说方圆二十公里以内惟一一家理发店。这家"美容沙龙"其实不过是个配备了一些水桶、电吹风和花园的塑料椅的一间厨房。当家的是三个年轻人，跟着震耳欲聋的广播不停地哼着摇滚曲子。其中一位强行把我按在椅子上，带着不以为然的态度端详我那假发般的乱发。另外一位手里拿着水洒，给贝利昂洗头，几乎把水洒到他腰间，让她的同事对此艳遇羡慕不已。第三位根本没听我的要求，给我弄了一个跟她一模一样的爆炸头！当她把烫发器推过来罩在我头顶时，我恳求："请不要烫发！"在我能够准确清晰地说出"不要定型剂"之前，眼前一道呛人的发胶喷射到直立的每根头发上。自我防御总是晚一步。只能给自己头上再倒一次洗发水了。

结账的时候（仅仅几镑而已），她满意地看着我评价说"好多了"。

"是的，的确如此。"贝利昂强忍着不笑出来。

在凯切西文，所谓的大城市里，我们买了当地的一份报纸，想知道帕克·达尔今晚会在哪儿表演，我还想再听一回为了证实自己是否确实真的受到了神迹的恩泽。但他整个周末都在泰利镇上著名的金色精灵（Puck Fair）酒吧里庆祝公山羊节，很可惜，对我们而言太远了。

我们回到黑水码头的家里，一路上没有交谈，就像一对老夫妻。该说的都说了，无声胜有声，无言胜万语，我们不用言语就能相互理解。这是我最后一次去感受这夜夜将我攥紧的死亡战栗。它浸透了整个镇子，像一出灾难中被演员抛弃的剧目。在这回音阵阵的荒芜背景里，能上演的也只能是一出悲剧。

最后一晚，用最后这批丝毫不防备人类的缀锦蛤——从淹着海水的沙子里就能找到这些无辜的小可怜，我准备了能评得三星的汤肴，随后我们就该和海滩说再见了。神火般的夕阳照亮了通透的海浪，大片大片的朝着纽芬兰的方向义无反顾地直奔而去，却愤恨地掷碎在栅栏般一直守护黑水码头的礁石上。时光流逝，海浪侵蚀了最脆弱的部分，仅留下最尖锐的石脊，如同鲨鱼的下颚，大张着口吐着愤怒的泡沫，令靠近的敌人丧胆。

龙虾笼放回凉棚里，小船也抬到垫木上，我把捞网和高筒靴放在厨房里，如同一个再归的承诺。

我知道蓓姬不会来黑水码头（这是惟一能让她揪心的名字），尤其担心她的丈夫着手修整那所房子——"呼吸着爱尔兰死亡气息"的房子（引用她的原话）。

你也无从得知，你也一样，小玛丽侬，你不会再回黑水码头。幸运的是你们从来都不会知道此类的事情，你们这些人类。又是个让我羡慕的理由：预知未来则毁了未来。

"不要谈论爱情与枷锁，或者我们无从连接的生活。"贝利昂在你耳边呢喃着，他今晚不能再和你做爱也不能和你说爱了。是的，不要再谈论让你们分离的一切，有什么用？在红色羽绒被上清醒着，嘴对着嘴，身子对着身子，等待可怕的夜结束。

"我要用盖耳语对你说：'*T ânochroi istigh ionat*'，玛丽侬。"（'我心与你相随。'——这更甚于我爱你。）

黎明终于降临，赶上船才松了口气。贝利昂用生锈的挂锁关上门的那一刻，房子立即恢复了废墟的面孔，死亡的寂寥又笼罩在镇子的上空。锦鸡又回到院子里，就如同走在自己的地盘上，身后紧随着他的伴侣。明晚镇子里不会再有人点亮蜡烛。

四个小时以后，靠着奇博伦号的舷墙，遥望着爱尔兰南部明媚的海岸线渐渐的朦胧远去，玛丽侬感到似乎每道海浪都变成了自己的遗孤。法语里没有词汇能表达失去孩子的痛苦。她看着消失在船尾航迹的孩子：一个年轻的女孩，一个由贝利昂的爱在她体内诞生的女人。突然间她惊讶地察觉自己十天来从未想过法国，也从未考虑她答应为《历史》杂志写的稿子，也从未想起她在巴黎的家、莫里斯甚至艾美丽……她生活在括号里，这段经历明天想起时会变得不真实。

冷静些吧，玛丽侬：明早踏上罗斯格弗港口的时候，你生命中爱尔兰的段落到此为止，你看着它潜回迷雾中就像一张让人伤感的墨色相片，让人伤感，是因为我们都深知这属于另一个世界。

我说得很轻松，没错，既然作为命运女神，我忽视现实的一切。我从未感受一个男人的重量，或是一个孩子，或是一句我爱你。我只能从诗人们的描述中去感知。但他们仅仅教了我能明白的一小部分。是他们，那些男人，尤其是那些女人，偶尔远离城市和人群，在航迹中放任幸福或绝望，在一切仅剩下爱的偏僻海岛上看着爱情进行，让我似乎感觉到，更应该说预知到，那穿越虚无星空的，所谓的生存。

☞**注释**

①阔纳特，爱尔兰西部一省。——作者注

②斑尼兔（Bunny Rabbit），美国卡通形象，1938 年由 Ben Hardaway 等画家绘制。

③贝利昂把玛丽侬的话从字面上直接翻译成英文。

④玛丽侬把法语"算了"（lasser tomber）从字面上直接译成英文，但"let fall"意为"放下，落下"，正确的说法应为"let go"。

⑤"Pêche"（捕鱼）名词有两个意义：一为"捕鱼、渔业"，另外也是"桃子、桃红色"的意思。

⑥贝利昂用英文重复玛丽侬的话"可以是另一回事"（ça va être une autre paire de manches），由于直译字面意思，误解成"另一边袖子"的意思。

⑦库拉舟（Curragh 又作 currach 或 curach），爱尔兰西部特有的古老船只，即一种用柳条扎成骨架并覆以防水布的柳条艇。

⑧爱尔兰主教圣巴特里克（Saint-Patrick），生于公元 4 世纪。422 年教皇派遣他前往爱尔兰，使爱尔兰人皈依基督教。

⑨瑞米耶日（Jumièges），位于法国上诺曼底地区。

⑩圣嘉尔（Sait-Gall），瑞士第七大城市，相传由爱尔兰隐修教士 Gall 于 7 世纪建成。

⑪孔卡诺（Concarneau），法国布列塔尼地区的一个小城。

⑫拉丁语，意为"神圣的简单"。

⑬当地工艺品店。——作者注

⑭荒诞派戏剧代表作《等待戈多》，作者塞缪尔·贝克特是爱尔兰人。

⑮三叶草，又名苜蓿，爱尔兰的标志。——作者注

⑯盖耳人的地区（Gaeltacht），官方语言为盖耳语。——作者注

⑰卡赫希文（Caherciveen），位于爱尔兰凯里郡。

⑱萨维尔·卡尔（Xavier Grall，1930—1981），法国诗人、作家和记者。其作品中常反映出布列塔尼地区神秘主义的影响。

⑲布赖恩·博鲁（Brian Boru，941—1014），爱尔兰国王，1014 年打败入侵

的斯堪的纳维亚人，从此结束了斯堪的纳维亚人在爱尔兰的影响。

⑳大卫·奥康纳 (David O'Connell，1937—1991)，爱尔兰独立激进分子，爱尔兰共和军临时组织 (Provo) 创始人之一。

㉑茉莉·玛龙 (Molly Malone)，传说中是个推着蛤与淡菜摊沿街叫卖的少女，年轻早逝，被写入爱尔兰民谣而世代流传，1988 年都柏林在市中心为她塑了一尊铜像以示纪念，成为都柏林城市的标志之一。此外都柏林市歌也以她命名。

㉒卢尔德 (Lourdes)，法国比利牛斯地区一个城镇，传说圣母曾在此地显圣。地名与法语单词 lourd 的阴性复数形式 (意为笨重的女人) 同音同形异意。

㉓土伦 (Toulon)，法国南部蓝色海岸城市，海军基地。

㉔圣康坦 (Saint-Quentin)，法国埃纳省 (Aisne) 城市。

㉕杜塞尔多夫 (Düsseldorf)，德国西部莱茵河沿岸的重要城市。

㉖维索斯基 (Vissotski，1938—1980)，俄罗斯吟唱歌手、诗人，被誉为俄罗斯最伟大的歌手之一。

㉗菲利普·雷欧达尔 (Philippe Léotard，1940—2001)，法国歌手。

㉘古罗马神话中的农牧神，人身羊足，耳长而尖，头上长角，与古希腊潘神 (Pan) 一样被尊为牧人畜群的保护神，喜欢歌舞。

㉙波比·桑 (Bobby Sands，1954—1981)，爱尔兰共和军成员，在北爱尔兰为抗议英国政策被捕入狱绝食牺牲。

㉚贝娜德特·德弗林 (Bernadette Devlin，1947—)，北爱尔兰激进主义女政治家，曾是英国议会成员。

㉛斯凯利格岛 (Skellig)，位于爱尔兰西南部海岸数十公里处，斯凯利格·迈克尔修道院就坐落在这个远海孤岛上，1996 年被列入《世界遗产目录》。

㉜贝利昂的名字 Brian 和法语中的 brillant (光彩夺目的，出众的) 同音。

5 重返大气层

对于航天飞船而言，最小心翼翼的是重返大气层的阶段。重新承受重力的约束，重新说法语，尽量避免令人不快的话题，时刻提防脱口而出说"我的爱"（my love），夜里说每句话或者做每个动作前，必须等自己先辨清了睡在身旁的男子。我接触莫里斯的方式和对贝利昂的不同。他立刻就能发觉。总之，要变回莫里斯·勒百克的妻子并且悄悄地把爱尔兰逻辑的疯女人关起来。

莫里斯从澳大利亚回来已经两天了。皮肤晒成棕色，精力饱满，格外迷人。独守空房的他有足够的时间穿起法官长袍，打着冷漠的宽容旗帜，放弃对犯人的起诉。我也从不计较他的事：我们避免正面冲突，直到仍想继续一起生活的愿望把嫉妒、怨恨或屈辱的冲动消磨殆尽。最初的日子很艰难。我感到莫里斯像一条蟒蛇，吞掉了一头比自己体积大得多的野兽，我看着它沿着痛苦膨胀的管道慢慢消化。一条蟒蛇实在太长了！

消化的过程中要配合怎样的行为？我还未找到内疚负罪的情感表达方式。他必须忍受，这是无法避免的。既然我是罪魁祸首，也必须为此付出代价。不知如何是好，我只能求助于最普通的解决方法：献尽殷勤。

大多数女人，确实都有一种难堪的倾向，把自己的情绪无论爱情或烦恼都转移到家务上。她们会花费更多的时间去收拾房间，把多余的时间全花在房间布置上。的确，因为离开家和贝利昂过了十天，我觉得很愧疚。但莫里斯不会，他离开的时间也许是我的两倍，可他却更熟练，而且，自然地会和一些人在一起（当然可能也是我的好朋友）。我们喜欢同样的人，这很正常，而且也是我们所希望的。但我的出轨比起莫里斯的更难以接受，而且我们从来不敢承认，我敢肯定他同样也抱着这个过时的想法！然而，我们共同生活刚开始的那几年，我们彼此督促着建立现代伴侣的关系，抛弃资产阶级道德的沉重和宗教的强权及偏见，去冲破使多少个世纪以来的情侣（包括我们同一时代的人们和朋友）之间的爱情僵化、负重、直至毁灭的锁链和脚镣。

我们也许能成为尊重对方自由却深爱彼此的两个个体。我们英勇地继续去相信，但都无法真正与过去一刀两断——不能完全地。沉积的一切随着时光反射到年龄的尽头，仅是昨天：我们就摊开了一些看法……再也不能共同分享的。我们企图蔑视嫉妒，但嫉妒却偷偷地吮吸着我们的鲜血；我们如身处拉辛①时代般痛苦着，却信奉萨特和波伏娃的理论。一个值得赞赏的努力，有时的确会有所收获。

正因如此，我们婚后第二年的一个早晨，当我收拾床铺时，发现一件陌生的黑色蕾丝内裤，我克制自己不去尖叫："噢，这个混蛋！"我想起自己嫁给莫里斯正因为他的轻浮和对自由的理想，而我自己也不想把他塑造成一个正经而忠诚的伴侣。我的第一任丈夫——吉欧姆，信奉夫妻间的忠诚是婚姻的基础，这让我在十年前一直忧心忡忡。并非因为我在原则上背叛了他，而是在潜意识里不想对他忠诚罢了。

此外，我还为这条黑色蕾丝内裤找了个借口：这也许是寄宿在我们家的丹麦女工读生的，她说不定向菲力克斯·波旦商店送货小伙子的魅力妥协了。多亏了她，让我免于在那天晚上以受凌辱的妻子角色戏剧性地迎接莫里斯。我也曾不无快意地想象把这片黑蕾丝挂在阳台的门上，希望能看到莫里斯受窘，哪怕仅此一次也好！但总的来说，我更喜欢上演拉辛而非费杜②！多亏这个斯堪的纳维亚水精灵，我们上演了纪洛杜③的完满结局……除非这一幕归功于莫里斯在最险恶的境域中总能全身而退的艺术。

爱丽丝和安德烈，在我们都外出时来家里"照顾艾美丽"，现在为了照顾我们而多留了好几天。妈妈知道贝利昂的事，她的到来有利于我和莫里斯的恢复期。同时她也需要我们，因为她正处于一个悲剧性阶段：《我们，女人》的主编刚刚决定把她的栏目交给"和年轻人更合拍的女记者来负责读者来信"。

"都是这张老脸的罪过，"爱丽丝思量着说道，"我错就错在一直充当女英雄而不再是个女人。真是双重错误！"

爱丽丝六十年代加入报社，正当该报活跃在妇女权利的斗争浪尖上，十五年后却被视为一个六十八岁的老顽固，只因她从来不为任何事让步妥协。举目望去，老战士们在舞台前消失了，年轻人忘却了她们的姓名，觉得妇女一直都享受着自由（既然她们自己享有）。她们，在摇篮里连小指头都不必费劲举起就拥有了自由。随着1968 年五月风暴的步伐，经历短暂的蜜月后，所有激进的妇女解放运动全都失宠了，首先于媒体，再而于思想。女权主义者彻底地被定义为丑陋、令人厌恶、欲求不满、幸福的敌人、真正女人的敌对者，如果可能的话，不生育和看似同性恋，那真是锦上添花。

从此，女性刊物里，争取权利的请愿再也没有立足之地，女权主义过时了，成为一种神经质，并消减退化为七十年代的残留物。由于不敢解雇所谓最后的"历史性女权主义者"之一，董事会让她负责一本月刊——取代了与她同享盛名的周刊。但爱丽丝决定不干了，就因为那场风波：她想推出一篇批判高跟鞋的文章——十五年前本该会发表的主题，但如今完全不符合当前这个超级模特代表女性理想形象的潮流。已取得全面胜利的高跟鞋，尤其在女性杂志的流行版上，怎能允许拿广告收入开自己玩笑。

我也认为应该清除高跟鞋，虽然自己十年前还赶时髦，但如今因受害的身子而将其唾弃。我过早忽视了男性的幻想如今也仅仅稍微有些减缓而已。虽然被回绝了，但爱丽丝在这篇煽风点火的文章里，断言男性潜意识中的高跟鞋恰恰相当于中国女人小脚的西方情结。这些小脚在两到七岁间被强制裹在酷刑般的鞋里，直到骨骼彻底畸形，令人怜悯。无论东方西方，每一方都有自己的手段，但目的同出一辙：禁止女孩们奔跑的幸福、身体的完整，总而言之便是自由。

"目的不是让女人行走，而是让人联想，多卑鄙。"爱丽丝用不容反驳的语调下结论，"我想做此类鞋子的制鞋匠肯定都是变态的虐待狂。"

　　莫里斯无奈地抬起双眼看着天。这是他们之间的一个游戏，他喜欢他的岳母——太早出生在一个不能大显身手的时代的女人。至于他，安德烈，每当他的妻子"说教"时（正如他所言），昏昏地打着盹。他认为自己的另一半被排挤是个好消息。经历了共度的五十年岁月洗礼，他顺从地充当极端女权主义的一个牺牲品，如今幼稚地认为爱丽丝的退休将会给他带来一个看护，精心照料他所有那些估计已经变本加厉的小毛病，还有他很快就不得不选择的那些高龄病。自从退休多年来，他开始出现倒退幼儿期，但只敢在梦里承认管自己的妻子叫"妈妈"。

　　很多倒退回童年的行为已经让他幸运地享有了第二位母亲，而这种依赖，他们从前是如此的迷恋。安德烈从小就认识爱丽丝，在学校里唱过同样的儿歌，如今对他而言，最幸福的时刻莫过于和妻子一同追忆那些歌词：

　　　　蝴蝶面包
　　　　蝴蝶国王
　　　　刮胡子刮破
　　　　自己的下巴……

　　或是这些：

斑皮苹果④阿皮苹果⑤

红色、红色的地毯！

斑皮苹果阿皮苹果

灰色、灰色的地毯！

　　他还能和谁一块唱这首斑皮苹果和阿皮苹果呢？但爱丽丝对他十分恼火，不能原谅他的谢顶和大肚腩，也拒绝和他一起退化回到他们童年时代的迷人河畔。

　　"你不知道她昨天跟我说了什么，你的母亲，"他对玛丽侬说，"当我抱怨她带着妹妹和小孩们去凯尔德瑞克的时候，我跟她说：'没有你，我会像只死耗子一样百无聊赖，亲爱的！''你只要变成活耗子就行了！'她居然这么回答我。"

　　"这不是个太坏的建议，安德烈。"莫里斯说。

　　"谢谢，我亲爱的女婿。"爱丽丝说道，"我不停地战斗，为了不让安德烈变成老顽固！他对我写的东西已经完全不感兴趣了。这正是为什么我要和你们谈。当我张开我的嘴时他就闭上他的眼！我想知道究竟为什么他们拒绝了我，就这篇文章！我说的都是事实。莫里斯，玛丽侬，评评理：首先，你们可知道，鞋跟高于十六厘米，脚就会垂直于地面，就在小腿的延长线上？支撑面就会缩减得只剩脚趾，这些可怜的小垫子会灾难般翘起，为了确保仅剩的那一点点地面……真恐怖，不是吗？然而这仅仅是为了漂亮，这些女人，丝毫不管这个解剖学的灾难！"

　　"我从来都穿不了，"玛丽侬说道，"我的脚踝无力。"

　　"问题是为什么那些女人会甘愿被时尚操控？她们是傻瓜吗？"

"我可不能让你这么说。"安德烈干涉。

"但你们还没了解最精彩的,我觉得这也正是为什么报社最终拒绝了我的文章。我指出高跟鞋有个额外的好处:让那些又丑又老的女人退出游戏!稍微的膝痛或是髋关节炎(通俗所说的屁股扭伤),统统被判罚把脚平放在地上。结果是,老女人不准穿高跟鞋!如此一来就不会存在男性们会把混入女孩牲口群里的老女人带回来的危险!我最后总结,自从女权主义给男人们膨胀自我的要害狠狠一击之后,他们所有的战略都是为了把女性重新放回不稳定的处境;而他们的尝试成功了。第二个阴谋旨在把老女人们的生活分隔为(声称不可避免的)不同阶段,首先由那群拥有文凭的大猴子们长期拒绝为你治疗的更年期开始。'顺其自然吧,亲爱的女士,荷尔蒙是危险的。'二十年前我的妇科医生,坐在他的办公桌前,如此向我宣告。我发现桌上摆着一个满是烟头的烟灰缸,一包切斯特菲尔德牌(Chesterfield)香烟,一个登喜路牌(Dunhill)烟斗和一盒由某位感激的女病人赠送的古巴雪茄!

"'烟草也一样危险,亲爱的医生!'在换医生之前我让他留下了相当深刻的印象。多亏了你向我推荐的妇科医生,玛丽侬,我终于摆脱了潮热发烧……你们还记得那天,有一个女人,在百万分之一的几率下,成功地超越了禁忌的年龄,产下一个男婴。多亏了那个意大利巫师……可当时传媒的报道真是歇斯底里。这个母亲被视为罪犯!而我是惟一替她辩护的人……"

"不,妈妈,伊丽莎白·巴旦德⑥也同样捍卫妇女的生育权利,如果她们选择的话……甚至过了更年期也可以生育。但是无论如何,这并不是多数……"

"一个世纪前，这个安蒂诺尼医生⑦肯定会被送上火刑架烧死！"莫里斯说。

"好吧，我亲爱的，换个话题，原谅我的行为吧。你们刚才参加了爱丽丝·塔强女士最后一场公共演讲。她的主编老板已经跟她说了：'去去，回你篮里睡觉去，我不想再听到你乱叫了。'"

爱丽丝眨了好几下眼，让几乎夺眶而出的几滴泪水迅速流进鼻腔里。

"妈妈，你什么时候才能埋了战斧？你可以为你所做的而自豪，但如今就算了吧。我这一代人享尽你们的战果，尽管似乎已经倒退得大不如前了。至于女性杂志，如今与时尚美容联系在一起。而女权主义，所有人都无所谓了。这正是为什么我更喜欢教书和写作；你能猜猜我下一本书的主题吗？正是女权报刊的死亡。或许说是衰落。这将是我的《歧视女性的历史》的第二部。"

莫里斯装出惊恐的表情……他曾建议我写本小说！

"再下次将是一本小说，我向你保证，莫里斯。但第一部是关于当今的，正常的，也就是说众人皆知的——男人们对女性的厌恶与鄙视，而我现在必须为此加一些内容。我的第二部将取名为《女性的自我歧视》，也就是女性所从事的反女性的运动。是个好题目，对吧？"

"太棒了！"爱丽丝说，"你可以用这句到处都能听到的话作为总结：'我并非女权主义者，但是……'当初弗朗索瓦·纪胡当选总理时，对于妇女地位的问题也显示了这般的懦弱，真是个极品！"

"在这方面，的确是个有趣的主题，"莫里斯说，一如既往地真诚，"而这个主题从来没能深入至此，因为看别人干这脏活总是格外自在舒坦！来自女性的诽谤，对传统形象的接受和对真正女人的赞颂，这些女性自身的行为其实比大男子主义更具毁灭性！"

"啊！我们队伍真需要像你这样的女性，我的小羊羔！"

就这样，我们在所钟爱的知识分子式辩论中如鱼得水，从而远离了爱情和嫉妒的致命漩涡。但我多想跟莫里斯说说爱尔兰。他应该会喜欢这个国家；多想跟他诉说，有天早晨一只红喉雀在屋外的水盆里洗澡，我生平第一次撬开龙虾洞的收获，还有那些让我想起爱尔兰咖啡的广告和气味……但我再不敢在莫里斯面前点爱尔兰咖啡……他把我从爱尔兰带回来的刻度咖啡杯摔在厨房的地板上，六个中五个全碎了！

"这是你带给老叔叔的礼物？"他朝我嚷着。

这是我第一次看到他如此仇恨的目光和让自己显得如此暴力的举动。于是我感到总有一天我们是如何，一瞬间，在任何一个男人面前，变成挨揍的女人。我们的自由是如此脆弱，对他人而言则多么痛苦。

当然，我还是和贝利昂保持联系，就像被魔法蛊惑一般。但我从来不会忘记我地面上的生活，那是莫里斯，是艾美丽，是爱丽丝——我那年迈而需要帮助的母亲，是艾莲娜——我的小阿姨，还有我开始动笔撰写的书。而贝利昂，是我在别处的生活，降临在我头上，来自天空的一角，也许为了让我不一样地生活，同时平衡于非现实和日常生活之间。

仍遗留一个问题：该给天空留下多少空间而不会危及地面的生活且不让火花熄灭？我的生命将为此寻求答案。但这些问题是生命的乐趣。而答案必须封存：因为它们会毁了一切。

☞注释

①拉辛（Racine，1639—1699），与高乃依和莫里哀合称17世纪最伟大的三位法国剧作家，留给后世多部优秀的古典主义悲剧。其作品中常突出表现人物的激情与理智的痛苦矛盾，但在剧中情欲往往在地狱般的煎熬中最终还是压倒了意志。

②费杜（Feydeau，1862—1921），法国剧作家，其剧本以闹剧闻名，被誉为继莫里哀之后法国最伟大的喜剧大师。其剧作主题常集中于家庭、爱情和生活。

③纪洛杜（Jean Giraudoux，1882—1944），法国剧作家。其剧本总的主题是探讨忠诚与纯真。他认为每个人有按照自己意愿建立个人世界的绝对权力，常通过涉及战争的神话题材表达对纷争的厌恶与对和平的赞赏。

④斑皮苹果（Pomme de Reinette），一种外皮带着斑点的苹果。

⑤阿皮苹果（Pomme d'Api，此处音译），一种带着木瓜果香的红皮小苹果，相传源于古罗马。

⑥伊丽莎白·巴旦德（Elisabeth Badinter，1944—   ），法国女作家、女权主义哲学家。

⑦安蒂诺尼医生（Dr. Antinori），指的是前文中提到的意大利巫师。

6 双生花 —— 爱丽丝和艾莲娜

亲爱的艾莲娜：

　　我很难适应你不在身边，我的艾莲娜。我童年的小米妮的离去同时带走了我的一大段过去。在我这般年纪，如此的伤痛很难愈合。

　　为了自我安慰，我彻底重新装修了我们的房间，虽然不喜欢变动的安德烈也保持了缄默。但到了如今这个年纪，必须活在新鲜年轻且尽可能惊喜的环境里，否则不如直接入住骨灰瓮里算了。

　　我之前没给你写信是因为我的曾孙到家里住了一星期。太艰辛了！我想，对于我们俩人都是。安德烈，他竟溜走了。解决难题的方法居然是逃跑！真是漂亮、干净、彻底，而且典型的男人作风！奇怪的是，我们似乎从来都做不到……这一回，是我的小艾美丽：她到山里去度假 —— 她早就需要休息了。玛丽侬在都柏林有个研讨会所以不能帮她。但我不喜欢看到我的后代如此退化无能！如今的女孩儿们，出身有闲阶层，从事自己选择的工作，百分之二十五的丈夫会分担家务（虽然仅有的百分之二十五，但每当看到一个男人熨衣服时，已经足以让我感动，更应该说震惊！），这些年方三十的女孩儿们，却过着精疲力竭的生活。这正是我们这些前模范小女生，前规矩年轻女孩，前传统妻子（至少在开始时）所不知的生活。

这是一群斯达汉诺夫运动①者：爱情与亲情，经济与思想的独立，文化与友谊，一两项体育运动，一两个情人，一两个孩子……我们这些 1968 年以前的中产女子拥有这一切却没有任何现代化的便利。但我忘了我们至少还拥有老式的祖母：需要时总会有空，在星期四、周末还有假期期间，这些祖母们会亲手制作蛋白奶油，米粒布丁和巧克力慕司，而不是买现成盒装的甜点；这些祖母们身上带着淡淡的紫罗兰香而非圣罗兰的鸦片香水味②……这些本分的祖母们不会穿 T 恤衫，更不会在圣诞节和"女友们"去埃及旅行。

另一个好处：我们每人都拥有一个保姆——一个典型的布列塔尼女人，从我们孩子的出生开始就陪伴他们。而玛丽侬则大大受益于一大批快乐的年轻寄宿女孩（莫里斯也同样，我猜想）。

可怜的艾美丽，必须为了只是三个月大的胎儿注册托儿所，随后不得不应付幼儿园的时间安排、学校的罢工和屡屡怠工的课余学生保姆，更别忘了我们这些世纪末小先生小女士们不断增长的需求。

和曾孙在一起，我发现自己是个过时的人！和我的孙女们——我后代的第二代——在一起，我并未感觉自己是被遗弃的。的确，我是个上了年纪的女士，但我不是被排斥的人。

　　和我的孩子们——第一代，在一起，参与他们的日常生活是一种幸福。在那儿，洋溢着我们从法国大革命，或者1968年改革开始战斗所争取的自由。她们每个人都由产钳带到这世上，在如今早已忘却了斗志的气氛下成长，因为我们女人都是无可救药任人摆布的老好人。你从未认真地看过玛丽侬那本出色的近作吧：《歧视女性的历史》。我很清楚维克多对此的看法，你不用费心了……

　　这比起整部女权主义历史更具建设性，因为极少女性会煞费苦心去阅读。就像硬币的另一面。如今，我们的女儿认为歧视女性已经过时了，可怜的天真孩子！这正如宗教战争，兴许会结束？"俱往矣！"——我从未听过比这更空洞更无力的表达。何必再为从今以往不复存在的"一切"而战呢？再也没有种族灭绝，没有郊区地下酒吧里的妓女，没有孤寡老人临终收容所，没有居无定所的穷人饿倒在城市豪华大街上，没有萨赫勒的饥荒与欧洲同时的剩余产品焚毁，再没有……

　　我不说了，艾莲娜，我保证。但你是我惟一的妹妹，亲爱的，况且我不能再用我的长篇大论去烦安德烈，他虽同意但也受够了——就像所有人一样，女权主义！和姐妹在一起的美妙之处，正是不会担心失去她！我一生都必须感谢你。虽然自从你出生的第一秒，你这小侵略者，强占了我九年以来备受宠爱的独生女的地位，并且打算一直据为己有！

　　好吧，回到瓦伦丁的话题。他已经七岁了。今天我带他参观了罗丹博物馆。但我不敢跟他说，我像他这般大时玩的是木环，而且是七十年前！一个木头制的圈，没有任何马达，仅用一根木棍推着滚动。寒碜！我给他买了一个遥控坦克，简直要让我破产！他现在已经有了自己的手机和一次性相机。十二岁将会拥有什么？阿丽亚纳火箭③吗？

五点，柔道课，他不想错过。六点，是他的电视剧。我所有的时间都在疲于奔命。你还记得我们小时候有多闲吗？整段整段的时间！可我没有任何不好的回忆。我们学习思考，毋宁说我们那时更应该在做梦，窥视壁虎，重复阅读《米盖特与保罗》、《贝佳西尼》或者《苏赛特的一周》——这些书里从不会有人杀人！在我们那个年代，怎敢给孩子强加这些可怕的事！

"今天我们干吗，奶奶？"

"今天，我亲爱的，我们一起无所事事。从四点到六点。"

"又要啊？昨天已经够无聊了……"

"这对健康和想象力有益。如果感觉不到无聊，人就变傻了！"

你能想象 "binz"④ 是什么模样吗？（我喜欢这个词，但找不到它的词源。你既然有本词源字典，能否给我讲解讲解？）

从前，你回想，我们有多讨厌我们的祖母啊。但这是一种好的情感，像强壮剂保健品，很滋养。而且不会影响我们的顺从和敬畏。啊，我多希望培养这种敬畏！我们当年完全被她的强势所压倒，我们还叫她**祖**母就像人们称呼**大**公爵⑤那样。而非如今的奶奶或者婆婆（姆姆也未尝不可），这些甜腻的称呼一开始就削弱了我们的权威。

"你家里没有 DVD 影碟机吗？"瓦伦丁搜查着客厅问我。他只找到了电视遥控器，还给我家那台老旧笨重、完全不可靠的机器插上了电。

你是否留意到遥控器其实就是阳器的延长？就像我们年轻时，女士们从不掌控"汽车"的方向盘一样，我们老年时，也轮不到使用电视遥控器。广播不是一个性别歧视的机器：所有人必须起身才能去按开关！相反，电视完全把我们驱逐了！节目毫无预告地在我们目瞪口呆下变换着。瓦伦丁已经掌控了权力，因为这世袭的地位终将交付予他。带着稚气的霸道，他已俨然一副该世纪末无可置疑的男性至上的模样。安德烈真应该也在那儿，这小毛孩兴许会用目光向他征求意见。这是阳器之间的对话，不是吗……

　　没错，我拒绝参与全家宠爱的集体工程，这已把瓦伦丁安置在家庭暴君的角色里。他有时会向我投来惊讶的目光，但我想他仅仅会因此决定不再喜欢我罢了！我很坏，仅此而已！我根本无所谓，你觉得呢？他的父母，好不容易才有了他（PMA⑥创造的奇迹），而他的四位祖父母都是被他那些撒娇讹诈伎俩冲昏了头脑的牺牲品。他们都一样，被他任意遥控，根本看不到将来会多悲惨。

　　我好歹也带大了两代人，费尽周折才树立起自己的威严，到了第三代，我停下了。是辈分距离的问题吗？也许吧。相对于这个后代，既没有冠上我未婚时的姓氏，也非我婚后的姓氏，更没有他母亲的姓，却是一个闯入艾美丽生活中仅七八年的陌生男人的姓氏（而且，据我看来，他正准备逃离）。这个人却能合法地把他的姓氏植入"我的"家族中，让我觉得自己像一颗死去的星，光芒再也无法照到他身上。而他又何必尊敬他的祖母们……因为孩子没有任何年龄的概念。年龄，只根据他们的判断，如此而已。不管你有六十或八十岁，对于他们，你一样是个老傻瓜。况且，他现在只有七岁。到了八岁，他会说：老蠢货！

我该拿什么压倒他？我已不再驾驶帆船也不再滑雪，更何况如今滑雪早已变了样：不再用滑雪手杖，甚至滑雪橇也没了，仅用一块板——滑雪板。这把我从父亲那儿学来的，曾经骄傲地传授给孩子们，展示给孙孩们的一切都没用了……如今一切都面目全非，甚至连雪都不一样了，不再从天而降，却从大炮里轰出来。

　　至于晚上的消遣，我该教他什么？扮演拿着柳条笼，膝盖浑圆或椭圆的黄色小矮人？他们让我们儿时的夜晚变得神秘而有趣。我们究竟玩了多少年扮演黄色小矮人的游戏？难道我们是例外的晚熟吗？

　　跳棋游戏如何？或者六角棋？

　　我不敢提议教他织一条绒毛围巾作为母亲节礼物送给艾美丽。尽管这将会是个惊喜。而我们俩当初是多么喜欢编织啊，孩子们所有的小毛衣，还有为缎带留着小洞洞的袜子。我如今再也做不来了。再说，我刚把所有的针线都扔了，这是装修房间时在一个抽屉底下无意发现的。艾莲娜，我想跟你说一件奇怪的事：所有这些用一小段褪色的羊毛线绑着的五彩棒针，它们丝毫没能让我想起难度极高的菱形或麻花针法。但是……却让我想起了堕胎。我们的堕胎。你的（似乎只有一回）还有我的那些。

　　在那些能用来做"那个"的棒针里，我还留着一根金属的（塑料的那些太尖了），漆着乳白色，两头被磨圆变成了银色。刹那间，我仿佛又看到躺在大床上的你，把自己交托给我那毫无把握的技术；而我自己，跪在地毯上，力图把橡胶钻头（在那个年代，这是药房禁止向我们出售的，就好像他们更乐意惩罚我们去冒死亡的危险）探索着伸进那个备受诅咒的洞穴，通向每个月都可能颠覆我们生活的子宫的颈道。人们不能想象，也不再想象我们意外怀孕所面临的困境。我们什么都尝试。试尽一切！所有女人，富裕或贫穷，少女或以为已经绝经的妇女，妓女或仅仅睡了一回就"中标"的淑女，被遗弃的女人或五个孩子的母亲，所有女人，准备着任何时刻以任何代价被任何人宰割。

而我们的丈夫，安德烈和维克多，顺从了这女性的宿命，在隔壁房间等候。那是你漂亮的客厅，那么恰如其分的豪华。他们感到愧疚、耻辱、狂躁、恐惧，但同时和我们一样坚定。

我如今仍然深受感动，我的小米妮，你竟敢把自己的生命交到你姐姐的手中。而我也不过在自己身上试过两三回，而且仅仅凭借着第一任丈夫留下的几本解剖学书籍。

我当时留下了其中的两根，为了意外情况……其实在你之后，我只用过一回，为我自己。当玛丽侬有堕胎的麻烦时（二十年以后还是殊途同归，你能想象吗？），我却做不到。我们不希望孩子们也步此后尘，所以更情愿去指望那些冗长而不确定的手续！前往四百公里外的布雷斯特，为了去见一个传说极具同情心，愿冒着随时毁掉职业前程的医生，当然以一大笔钱作为交换。我们咨询过巴黎的妇科医生，但那些敷衍或冷酷的回避责任态度最终让我们接受了他。玛丽侬的那个"未婚夫"勇敢地陪同我们前往，但他最终和婴儿一起离开了她！毕竟他见证的那个经历过于恐怖了。

一切都顺利结束了，但我从未对你说过：你一定认为对我而言，比起我的女儿，你并不那么珍贵。根本不是，我的小不点儿。为了妹妹，就像为自己一样。可我的孩子，她永远都是从我体内来到这世上最脆弱娇小的人。我从不为你担忧。但那是我第一次直面一个女人，从下面——能如此看的只有丈夫、情人、妇科医生，或许某个女人，但从来不是姐妹能看到的。我看你看得很清楚，亲爱的艾莲娜，尤其第一次使用窥镜——由你丈夫这位年轻医师借来的。我自己之前并不需要这东西：不能用自己的双眼看，我用手指与之对话。可怕的痉挛！那样其实更困难！自你之后，我应该能当个非法替人堕胎的接生婆，说不准还能挣不少钱……除非落得像玛丽路易·吉欧⑦这个洗衣女工上断头台那样的结局。1943 年，贝当⑧的混蛋们没宽恕她——她的死只导致了价钱的抬高却并没能达到杀鸡儆猴的任何效果。这可怜人！

我永远不会忘记我们事后的宣泄。四个人一块大声说笑着喝着香槟，为了掩饰我们的不安，为了我的如释重负——没把你"刺穿"，就像八卦报纸所报道的那些"罪恶堕胎的悲惨结局"。根据经验，当内出血变得适量时，四十八个小时之后，你便可以前往医院，那儿早已习惯应付此类"小产"的手术。一切都顺利结束了，但我们回避去谈论，如共同遵守的和约一般。

昨天我带着后怕看着这根针，又一次说道："感谢你，西蒙妮⑨，让我们脱离苦海。愿所有女人传颂你的功德，愿所有女人感激你。阿门。"

我亲爱的，我的米妮，我必须离开你了：那被魔鬼附身的家伙又开始叫唤了，每晚都如此。艾美丽跟我预告过：他会做噩梦。也许梦见有人违抗服从自己的命令了吗？至于我，再也没有自由的空间，晚上白天都没有。把他交还给他父母该多好啊！

我想，他在我家的日子里，我能留给他继承的财产，仅仅是一首四行小诗。这让我快乐的诗句是安德烈从他母亲那儿学来的。在早餐时他常为我轻声歌唱：

> 果酱慢慢地流
> 流进面包的小洞
> 流在吐司上
> 流得满手都是！

人们总想在孩子身上流传一些重要的事物，但时常留在他们记忆里的却是一些无足轻重的回忆。

你已经从信的长度看出我有多想你。快点写信告诉我是否适应了新的住所。我和安德烈刚刚报名参加了前往越南的旅行，顺着梅尔莫兹⑩的最后旅行线路之一。我们也一样，谁知道呢？我们多想和你们一块结伴旅行啊！

你的爱丽丝，

于巴黎

☞ **注释**

①斯达汉诺夫运动（Stakhanovisme），苏联于 1935 年推动的增产运动，期间，矿工斯达汉诺夫成为全国闻名的生产能手。

②鸦片香水，法国圣罗兰（Yves Saint Laurent）的招牌香水。

③阿丽亚娜火箭（Ariane），法国于 1973 年倡议并联合西欧 11 个国家成立欧洲空间局研制的火箭。

④Binz 或 binze，法国北部的民间俚语，意思为"疯子、废物、神经病"等。

⑤法语中祖母"Grand-mère"和大公爵"Grand duc"词首都是"grand"

（大的）。

⑥药物辅助生育技术（Procréation médicalement assistée）的缩写。——作者注

⑦玛丽路易·吉欧（Marie-Louise Giraud），非法替人堕胎，于1943年被贝当当局以反家庭罪判刑斩首。

⑧贝当（Pétain，1856—1951），法国元帅，1940年任维希伪政府元首。

⑨西蒙妮·维尔（Simone Veil，1927— ），法国女政治家，于1975年担任卫生部长之际向国会提出关于堕胎合法化的提案并得以通过。因而该法令得名"维尔法令"。

⑩梅尔莫兹（Mermoz），法国飞行员，1930年成功开辟法国—南美航线。

7　艾莲娜与维克多

　　艾莲娜注视着躺在她身边的男人。朝阳温和地侵入天空，在她沉睡的丈夫脸上洒下几缕粉色的柔光。维克多的侧影依然俊朗：刚毅的下巴，鹰钩鼻和傲慢且黑得惊人的眉毛。但如果从正面看，力量与桀骜已逐渐从嘴边的两道深渠流失而下，堆积在他的双下巴上，颈部也慢慢地被脸颊的赘肉所掩盖。

　　艾莲娜下意识地抚摸自己的双颌和脖子。她会从哪儿开始下垂呢？一切衰退得如此悄无声息，以至于她能够佯装什么都没改变！搬到疗养公寓的麻烦是每天例行公事的检查。她以为自己是坚不可摧的，而如今档案里清楚地写着她患有骨质疏松附带骨骼营养不良。她从未服用雌性激素：因为维克多反对。还有一颗假牙刚刚松掉了，必须把断齿拔掉。

慢慢老去，这还能承受，但健康若未能成功地与你相伴直至旅程的终点，那么修整恢复的代价如金子般昂贵，真是无法接受。此外必须把疾病与事故一起考虑！自从两年前她儿子养的斗拳犬试图吞噬她的腿以后，艾莲娜忍受着跟腱的疼痛而不得不拖着腿行走。医生为她开了二十期运动疗程，一旦无效，必须进行手术防止肌肉萎缩。

至少在圣乔治波斯疗养院里，有大量的运动器材，还配有一名理发师。他试图拯救她那曾经漂亮的金色马尾，使之不至于随着年纪褪成青灰色的老鼠尾。还有一名眼科医师，方便她在隐形眼镜卡在上眼皮时求助。

衰老真是件全时工作。恶化工程每天仅取得一点点进展，却贵得吓人！幸好有医生保险系统，于是维克多和她一起来到戛纳，被赡养在犹如空间站的襁褓中。尤其是维克多患上了帕金森病，所以她离开巴黎并不太遗憾。

"我走过了生命的五十年却到达了二十岁！"从前父母家的常客马赛尔·朱函杜曾这么说过，但艾莲娜认为他早在二十岁时看起来俨然已有五十岁！可她自己如今兴许也能用上这句话。一直以来，她只为维克多而活。作为医疗助手和秘书，支持他每年一同前往"瓦加杜古"①住一个月，给上沃尔特共和国（如今称为布基纳法索）患沙眼的儿童做手术。她从未觉察自己已不再是二十妙龄，直到维克多因右手颤抖而不得不退休的那一天倏然变老了。"我真该当个儿科或心脏病科医生，这样或许可以再工作两年。"他苦涩地说道。

她的雇主同时是她的丈夫，艾莲娜因此同样被判处退休，惟一的工作前途只能是当个老人看护，陪伴一个报复心理极强而忧郁易怒的病人。

"给自己找个情人，"爱丽丝指示她说道，"当你还幻想的时候。而且快点，你很快就不再拥有六十四岁，六十五岁会过得更快，随后的年月也同样如此，我预先警告你。如果说美好年华总匆匆流逝，而不怎么美好的会过得更快！你要是不快点有所反应，米妮，就会和你的米奇一起被装上雪橇直滑而下。我提前跟你说，一年以后你就会拄着拐杖，而且不能比他走得更快，因为面对"这可怜的维克多"会有罪恶感 —— 他将用尽一切办法来煽情，我了解他。"

爱丽丝，比妹妹大了差不多十岁，总责骂她。维克多和她视彼此为劲敌，他们在所有方面都对峙，却无法将对方驱逐出彼此的占领地。维克多指责爱丽丝的"68"观念以及她"夸张"的女权主义，就好像为两性平等的斗争太过火了似的。至于爱丽丝这一方，她责怪他为了自己的利益吞噬了艾莲娜，把她少女时期显露的艺术天赋扼杀在卵中。

艾莲娜为自己在这世上最爱的两人之间的敌对暗地里偷偷地感到得意和满足。她并不反感煽动他们之间的嫉妒，而这俩人都防范着让她不受对方的绝对支配。丈夫过度行使他的权力对她来说毕竟是在事物的规律之中，但爱丽丝的专横有时让她感到沉重，尤其因为她所持有的那份必要的自私，正是艾莲娜已经在自己人生最消沉的阶段里成功地压抑抵制过的，她不愿承认甚至不愿回想。

如今，爱丽丝正继续与那位她只唤作"魔鬼附身者"的小男孩对峙。这让艾莲娜难堪，尤其和维克多有了两个儿子之后，她早就习惯了男孩们的侵略性。"我得到的补偿，"她说道，"正是他们动人的温柔。"

"你把每夜唤醒你和瓦伦丁的噩梦归罪于他的'可恶'，"她在给姐姐的信中写道，"我却深信孩子们是因为想到死亡而恐惧。刚出生时，他们和虚无仍那么近，我相信在母亲腹中他们早已经历了不可想象的恐怖。而且他们哭着出生，没人微笑。这恐惧感一直伴随着他们早期的日子。比起孩子，没有任何一个成年人会有如此强烈的对死亡的恐惧。如果他们在夜里哭着醒来，家长会归因于腹泻或牙疼甚至是想引起注意的变相需求。事实上，孩子们因为恐惧死亡而哭喊。他们是新生的生命，还未有足够的时间忘却此前的状态。他们能感觉某些在我们身上被遮掩，必须等到年老时才能再次接近的，这份对虚无的忧虑。孩子们是前夕的死者，而老人则是次日的死者。他们重返童年，终而合上生命的圆。"

"啊！你真是个无可救药的唯灵论者。"爱丽丝回信答道，"你充当好人去了解这些可爱的小生命（"不得不爱的"，杜拉斯曾如是说）——也就是我们那些该死的小屁孩。我仍深信他们中大部分对我们并无好意。再者，他们从未想象过他人的不幸或痛苦。如果一个孩子发现可以歧视或支配的另一个孩子，从那一刻起，没有什么比这更残酷的。我估计至少有百分之十的孩子生来就是孽种，如果不幸遇上了，唯有向他们强加培养我上封信里所提到的敬畏，同时搭配一系列铁一般的纪律。否则，他们很快会为所欲为，更晚些时候，还没强奸女孩儿揍老婆之前，就先学会打自己的母亲。真应该有个地方把他们收了，这些混蛋！

"你会觉得我很恶毒。这是个年龄的特权，我的小宝贝。当我身为人母甚至祖母时，从未说过如此的话，也许也从未想过。正如你认为孩子们因恐惧死亡而哭喊，我觉得，我们这些老孩子们只能在死前那残酷的几年才有权利大声哭嚎。我们也同样会在夜里哭泣，那又如何？没人哄你入睡，没有什么可以安慰。因为我们，知道自己为何哭泣。至于我们的丈夫，要么已经过世，要么变得无动于衷，而且也有他们自己的噩梦。我们的孩子，至于他们，也已年过半百，至少我的两个孩子如此；这是多事的阶段，这是个必须经历的艰难时期，我会责备自己给他们带去多余的麻烦。还能有谁？还能向谁倾吐怨言？猜猜，我亲爱的！

"不只因为你是我妹妹，你还是个好人：对于我而已，真是双倍的运气。随着时光流逝，我质问自己，姊妹情义是否并非最可靠、最不虚假、最持久、最不受外界影响渗透、最不需放在心上的情感，否则，爱情为什么相对需要这般的小心翼翼？而面对自己的姐妹，却能无所忌讳，还能保持自我，如果对心理健康有必要的话，甚至会变得恐怖！

"米妮，谢谢你让我保持恐怖的自己，同时却坚信不会失去你的爱。真好！做自己已经相当难得了……更何况……能面对的人如此少有……

你的爱丽丝"

☞注释

①瓦加杜古（Ouaga），非洲布基纳法索的首都。

8　贝利昂与蓓姬

“要知道，无意识的人是个混蛋。”①

玛丽侬离开黑水码头没多久，蓓姬的病开始发作了。口头表达出现障碍、视力淆乱、手脚疼痛、平衡感丧失，都出现在一张让人担忧的病例上。医生们经过反复检查和一系列腰椎穿刺、扫描，最终诊断为神经多发性硬化。

“年轻主体的神经组织进行性感染，由突发性炎症造成，发作于二十至四十岁之间，百分之七十为妇女。会导致丧失自理能力，甚至死亡。无法治愈但基本上采用功能锻炼疗法。”

玛丽侬在她的医学词典里找到了解释，字字像丧钟般鸣响。为蓓姬，也为贝利昂——他试图以此作为自己放纵行为的神圣惩罚。最后也为玛丽侬自己——终身以轮椅为伴的妻子和惟一的小儿子的将来统统推诿于她这个受恶魔蛊惑的诱惑者。

作为命运女神，面对种种劫难，我感到气馁，几乎想放弃这曾让我悲喜交加、倾心投入的故事里的两位主角。

然而，正是这些生活——在不可干涉的边缘上，这些爱情——在难以为继的极限上，能让人遁离尘嚣，带着自我回归平静；冒着险去勘探爱情所藏匿的疯狂、壮美、未知与威胁，用之填满自己的生命。我不喜欢让一段美好的故事有始无终。我似乎准备好了，还能再给她一次机会。

也许还遗留着一个能够改变境遇的希望，条件是我的戏法必须成功。

这戏法并不简单，对象是不可估量的。有如人类的天性，如此反复无常，轻易间便出尔反尔；道德也如此，总难以与幸福维系。但我若不能创造奇迹，那就枉称命运女神了！

都柏林那边，蓓姬的情况日渐恶化，以至于很快就不能在她丈夫出差期间单独生活。他不得不违心地申请飞行员病退，开始"地面上"的工作——在公司的办公室里。"地面上"这字眼对于贝利昂意味着死亡，而他岳母的到来更是一种束缚——和他一同住在这都柏林的小房子里帮忙照顾蓓姬和小艾尔蒙。他不得不对玛丽侬坦言，说自己很快就无法再欺骗妻子，无法牺牲所有的力量和她一起度过这突如其来的不幸。

"我要崩溃了，"他在信中写道，"活在这个世界里，却不知所爱的你身在何处。"

用英文给玛丽侬写信更是让他感到一种面对蓓姬的直接背叛，于是他暂时中止写信，努力学习法语，以便于日后能用她的语言，用那些与他日常生活无关的词语再次通信。玛丽侬想，绝望有时会激起天真而令人同情的解脱。但她提防着不让他察觉，因为希望的幸存有时只系于一线间，而妥协也能让痛苦变得可以忍受。死亡已驻足在他的风景中，需要时间让贝利昂掂量自己监狱般的处境，让幸福的欲望在他身上像地下河般重新涌出地表。但玛丽侬并非无怨无悔逆来顺受的女人。

长期以来，她总怀着生个儿子的计划，而莫里斯也觉得准备好要第二个孩子了，并同时暗地里希望能以一种新的关系亲近妻子。他被玛丽侬的爱意深深地感动了。此外，她真诚地告诉他蓓姬的不幸遭遇，及其对贝利昂的自由造成的后果（他把家庭所遭遇的一切归咎于自己）。

"这孩子，你愿意的话，如果是个男孩，我想叫他艾弥尔。"他对玛丽侬说道，"我父亲很想给我起这个名字，这是家里长子起名的惯例。但我母亲就是不同意！"

"我能理解你母亲！问题是，莫里斯也好不到哪儿去……真有趣。"她大笑着补充道，"有些名字例如莫里斯或者阿尔贝这类不会再重新流行，至于托马斯、马修甚至科伦丁如今却成为最抢手的！艾弥尔也一样，你瞧，我现在觉得这名字挺迷人的。绝对同意叫艾弥尔。但如果是个女孩，一切听我的，行吗？"

那一晚他们做了爱，接下来夜夜如此，带着一种新鲜与热情，令他们忆起最初的情动。生孩子的计划重新照亮了他们的夫妻生活——因为经过了共同的十年而不可避免地掺杂了例行公事的成分。这几个月成为他们生活中最温柔最平静的日子之一。

"怀着"生孩子的计划……文字本身有时能更好地表达我们的

所想。玛丽侬并未事先谋划些什么，也未曾向莫里斯有所表露。但随着日子一天天过去，她察觉在自己体内有种奇怪的冰封感蔓延着，直到占据她灵魂的一角，恰恰与贝利昂留下的空位一样大小。究竟如何将这许久以来曾照亮她生命的激情放逐而亡？远远地离开它原本占据的位置？思想常在找到合适的表达形式前浮现于自我的最深处。她感到一种奇异的假设在体内涌现，慢慢地形成希望的雏形。

如果你再给机会一次机会？一个声音向她轻述着。如果当初你选择不去选择？如果是偶然的命运决定了这个孩子的播种者，你又希望他是谁的？为了逃避疾病、死亡或空虚，还有什么比一个新生命更具拯救性呢？

面对这些问题，玛丽侬无从解答。问题本身却非问不可，而且其中不少质问不堪于悬而未决。她需要倾诉，防止这样或那样的假设终有一日变成悔恨，随后变成沉重得无法负荷的秘密。为了不让秘密最终成为毒药或监牢，至少要找到能为自己辩解并向他人解释的一些字眼。玛丽侬很自然地向她的母亲求救。和贝利昂谈是不可能的，他正挣扎着陷入几乎不可能解决的困难中，第一个要面临的就是放弃他的职业，放弃一直能让他平衡于地面世俗生活的、翱翔于天空的时刻。也绝不能和莫里斯谈，一点也不能犹豫。至于她的小阿姨艾莲娜，过度屈从于维克多——她丈夫的观点：他显然会谴责这个据他看来违反道德和叛离婚姻制度的决定。

岁月无情，可爱丽丝却能渐渐地穿越事物表象的幻境，摆脱世俗的条框，而极力推崇利己主义和个人幸福的权利。在哺育者之间，才能最从容地谈及女人的秘密权力和不曾澄清的谎言或神秘。

这一切标导着一代代家族谱系的分支。有时就连当事者也不曾得知，唯有命运女神们以梳理这些错综复杂的乱线团为最大的乐趣。但无论如何也无法编写任何一个人类的真实族谱——如此暧昧的迂回，出奇的转折，都是一些偶然、任性和激情的果实。

爱丽丝是家中惟一在巴黎多次见过这位迷人且毫无法国味的贝利昂。与普遍的观点正好相反，老年妇女心中常驻着青春，她怀着极大的热情走进这段闺阁密情中。在让这个领域里最没发言权的理性表态之前，她早已任由这个爱情至上的故事的无边温情淹没了自己。她幸福地察觉，随着她的女儿玛丽侬逐渐完全成熟并超越了子女法定的地位，她们两人一起步入了一种新的关系，这在情感的历史中暂时还无法标识。上了年纪的母亲完全无视自己被分配在"妈妈"的格子里，而另一个相对年轻的母亲则在"跳棋"的棋盘里为自己占了不少格子。母爱孕育了一种接近于姊妹情或短暂爱情的同盟，在一片不期而遇的沃土上，萌生了女性挚深的共同情义，为母亲同样也为女儿，营造一个故乡般生机盎然的避难所。因为分享了这个秘密（也许最终仅仅是个怀疑罢了），她们的关系从未像现在这样亲密，不仅是母女间，同样是母亲与母亲，女人与女人之间。拥有了这信任的证明，爱丽丝感到青春焕发，找回了生存的那份未知与期待，这对于她即意味着继续活下去的最好理由，不管她对事业如何失意。

这个秋天，贝利昂来过巴黎两三趟，在他把工作正式交给另一个飞行员之前，在告别玛丽侬进入无际荒漠之前。

"我心与你相随！Tânochiroi istighionat，你要永远记着，我求你，玛丽侬。"

这是他在布尔确机场离开她时说的最后一句话，而他们十五年前第一次相遇也正于此地。他万万没想到最后的相拥并不仅仅出于对失去彼此的绝望，却给玛丽侬体内留存了一个希望，为这份早已融为她生命一部分的感情，留下了一个永远的活着的纪念。

家里都希望这回生个儿子，给艾美丽一个小弟弟。但最终是个女孩，红色卷发，正像是为了贝利昂而生的孩子。

一看到这个新生儿，玛丽侬的疑虑消除了，她决定给她起名为塞尔琳娜·坤斯坦丝。塞尔琳娜是为了纪念继弗洛拉·特里斯坦[②]之后的第一位法国女记者[③]。坤斯坦丝则纪念爱尔兰独立历史中的坤斯坦丝·玛奇维斯奇（第一任爱尔兰自由共和国总统艾尔蒙·德·瓦勒拉身旁的女英雄），也同样为了偷偷纪念都柏林的小艾尔蒙·奥康纳，她的异姓兄长。

莫伊莱在爱尔兰是个常见的名字，但用法语很难念出重音；或许我也同样不受重视。但是，我很满足，因为玛丽侬成功地留住了她，得到了父母的祝福与欢迎。她的外公，安德烈，回忆起小时候昵称为胡萝卜须的小弟弟因伤寒夭折，因此格外高兴地在小塞尔琳娜身上找到和他相似的发色与样貌。

总有一天，玛丽侬不会再犹豫，告诉贝利昂，是他不知情地送给她一个无价之宝。这个孩子像是他抵押的宝物，让她觉得离开他后，等待美好的时刻并非无望。属于他们将来的日子，如今她已不再怀疑。

贝利昂从未得知他女儿的消息。但几年后，当他端详她的相片，不禁啜泣，因为他发现坤斯坦丝和他如出一辙，就如同为了填补他的离开一般：浅而锐利的蓝眼睛、卷翘的睫毛、苍白的皮肤、一直延伸到手背的红雀斑、过长的双臂，还有她那浓密厚实的卷发泛着同样的铜红色阴影！

☞注释

①摘自卡特林娜·克雷蒙（Catherine Clément）的故事集《正午寻游》（*Le Cherche Midi*），Stock 出版社。——作者注

②弗洛拉·特里斯坦（Flora Tristan，1803—1844），法国女作家，19 世纪初期女权主义的代表人物。

③此处指的是塞尔琳娜（Séverine，1855—1929），法国女权主义代表人物之一，自由撰稿人。

9 爱丽丝漫游仙境

我和安德烈从未试过远洋旅游。而那些同行的夫妇们对此类旅行已然经验丰富。非洲的狩猎远征过于劳苦，尼泊尔的徒步旅行过于危险，尼罗河的沿途游览已经去了两回，如今扭伤后也就不再可行了；我们最后那次滑雪假日在石膏里宣告结束！至于去教育俱乐部度圣诞假期也不指望了，因为孙儿们早过了和祖父母一块玩耍的年龄。能选的只剩下轮船了。每个人都带着各自虫茧般的身子、病痛苦楚与药片上船。漂浮在我们永远都不想投身的汪洋之中，前往一个我们将成为陌生人的国度里，这次旅行实为两趟探险却只需付一份钱。

从上船的那一刻，身处异国的不适便开始了：前往西贡的梅尔莫兹号客轮舷梯上，历经了十五个小时的飞行和四个小时在香港、新加坡的等待之后，疲惫不堪的队伍拖拉着前行。四百号游客中的每个人，在此时可以开始粗略体验接下来的十二天里将被共享的个人日常生活。男人们的目光偶尔为一个纤细的背影而发亮，但紧接着，却发现正面是张老脸！到处都是臃肿的臀部、驼背和鹳一般干瘦的腿，甚至可以说铁轨般……他们想搭讪的话，最好去美容服务舱。

　　至于我们也没什么值得兴奋的：这趟旅程的男人们几乎全是中国老兵，脖子挺直，头发硬短，军人气质，卡其色短裤下双腿笔直站立……他们手里没有枪，所以全都握着手杖。由此可见退役或伤残的比例高于国家所统计的平均值。

　　妻子这一方（这种情况是不会带情妇来的），人们一眼就能认出哪些人挨过手术刀，注过硅胶或者肉毒杆菌。但她们在那些简朴的军人或前殖民官员的家庭里并不占多数。还有不少遗孀，显而易见地沾了可复归养老金① （Pension de réversion） 的光，远比她们曾经的上校先生更快活善谈。

　　对于老年人，艾莲娜，我发觉最先出卖我们的是走路的姿态。没人能够自如地行走。能移动，那是当然，但体内嘎吱作响。身体似乎不再受控制；必须不断地根据地面调整脚步，怀着能骗过其他人的希望，自欺欺人。突然间走过一位年轻女子，如此清晰流畅，这时每个人才豁然发觉自己像个发条玩具般，痉挛抖动似的行走。

　　如果考虑走路会让你冒什么风险，那就算不上行走，仅仅是从一点移到另一点罢了。但总有一天，就算如此，也将是个奇迹。现在每迈开下一步都要反应许久，像小孩那样必须调节所有的动作。一步一步，永远那么沉重。从左到右，每迈开一步，另一边腿就好像随之变短了！那些瘦老头保持的军人步伐到如今也仅剩生硬罢了：瘦峋的关节和两条干巴巴的腿暴露在短裤和丛林鞋之间。我们在领悟的同时，失去了一个不可描述的动作之美感。当行走不再受自己控制，就有点像世界的和谐重新被动摇了。我们变成摇摇欲坠的堆砌物，仅仅一粒螺丝的脱离就会危及整栋建筑。

两个小时之内，四百号游客分别被塞进各自的舱室并分配了不同的餐厅。我们的舱室仅仅是豪华而非超豪华级别，所以无权享用"文艺复兴"餐厅，相应的被打发到"玛西丽亚"。但他们向我们保证饭菜其实都一样。

精疲力竭的梅尔莫兹号年代久远，大概等同于船上乘客们的平均年龄。它的确老旧但不乏魅力。

然而，所谓的豪华舱室却极为简陋：一个舷窗，两边各摆一张软垫床。既没有桌子也没有椅子，由于空间太小，窄长的五斗橱前仅容一张板凳。

为了逃离这个牢房，我报名参加了所有的讲座和导游参观项目……你在此会再次认出我那优等生好学的反应和对学生时代的怀旧情结！而且我想在自己的第一次远航旅行中尝试一切。安德烈则打算和海员们混熟，到驾驶台上耗尽绝大部分的时间。可我白交了报名费，因为通知说阿兰·德顾②刚做了动脉搭桥手术来不了，让·拉德吉③取消出席，由于支那战争遗留的膝伤复发（此刻再恰当不过了），由一名将军和一位不知名的历史学家代替了他们。所有人都欷歔相觑但还能怎样？我们俨然已是一群被俘的群众。

自第一日起，我们就被淹没在亚洲人群里。在空调只能半制冷的巴士里坐足了三个小时后，我们被强制参观堤岸市④里只卖中国蔬菜的中国市场。除了一些漆盒和一下车就有小孩们兜售的旧明信片，游客没什么好买的。

气温 32℃，酷暑难忍，刚刚推迟了行程的队伍，开始抱怨那些最初的叛逃者：又一名"梅尔莫兹人"——人们已经这么称呼我们了，惨淡地回船，很快便隐没了。这对于整个团队的精神是个重创！翌日，一位退休军医在博物馆门口突然倒下。他没断气，导游让他在树下休息，但就此不再有随行医生。我们则带着怀疑的目光彼此相看无语，继续参观。没人提醒对方，我们之前所预料的致命的一切，却在旅行中忘却了。

大巴车辆和我们一般破旧，以至于不少女士显然无法爬上散架的踏板。需要两个人把她们举起然后拉上车。

对于我们这个脆弱狼狈的队伍来说，一切都是麻烦，已经有人放弃再下车参观了。我坐在一位过度孝顺的老姑娘旁边。她与那极老极秃看似瞎了的母亲寸步不离，耐心地给她描绘所有的景色却丝毫不能让那双惊惶的眼睛里闪现一丝光芒。可我没看到有年轻男子带着他们的老父亲……究竟是孝子太少还是老父亲不多了？相反的，有位美丽的老太太带着动人的柔情，偎依着她的儿子——可他是个同性恋。父亲们显然根本没这福气！

返回船上，喝过下午茶，我们的将军激情洋溢地为我们讲述这个名字里记载着战争遗疮的国度：岘港⑤，芽庄⑥和奠边⑦，回顾了越南所经历的三十年战争，直到 1975 年重新统一才宣告结束：抗日，抵抗法国之后又抗美——都是些历史大明星啊！结果，三千万人牺牲。印度支那对于将军而言就像一个女人，他曾如此深爱的却弃他而去的女人。爱依旧，我们能够感受，却不免掺透着恨。

我们的房间没有桌子，所以不能写信。我只能到船舱过道上写，可那儿到处都是玩桥牌、唧唧喳喳聊天的女士。她们的丈夫们在一旁相互讲述自己的印度支那，无休地强调这个国家的贫困和明显的滞后发展，"他们当初自找的独立。很好，现在实现啦！"

　　我想在前往顺化的车厢里给你写信。安德烈因为感冒被另外安置，他为自己任凭摆布而中断此趟一切都让他厌烦的旅行而忿恼。高烧和抗生素证明他只能留在船上。我却坐在车厢的尽头前往安南的首都。在这分隔我们的一百二十公里的路上，如乘马车一般，足足颠簸了三个半小时。一路上都是各种驱动方式的车辆：大按喇叭的汽车，两旁的自行车拥挤得就像两道栅栏，偶尔几辆小摩托车，还有拉大车的瘦骨嶙峋的矮子们。

　　我们穿越了安南的深处：所有的房子为了更好的经商营业都朝向大路；没有哪个破屋是没有摊位的，却都只摆置着一两件不可信的物品。这儿的孩子如此稀少让我大为震惊。"一旦有了第三个孩子，救济金就没了，"我们的导游解释，"再生第四个，有工作的女性就会失业。"在路上或者父亲的自行车上，看到的通常是男孩。显然在此地，人们把女孩扼杀在腹中。

　　大家都和邻座纷纷谈论此类女孩"短缺"的现象；同样在印度，就像在中国，将缺乏上百万名女孩。

　　"话虽如此，其实还是绰绰有余的！"一个戴着殖民官帽的老头讽刺地说道，"别忘了那些二十年来拒绝计划生育手术的人们所生的女孩们。想一想，果真如此恐怖，她们就不会这么做了！我们总低估了人类忍受痛苦的无限能力。"

　　到达顺化之前，我们途经了大片半淹着水的庄稼地。播种者的庄严手势在此地变成了插秧者的感人姿势。和所有的庄稼活一样，这个姿势焕发着种植水稻的女人们身上那深邃的和谐。大米文化的所有阶段随着这个动作逐层铺展开来：绿得如此鲜嫩的稻田里作物已长高，而灰色的泥沼中上百位戴着锥形帽的女子，双腿浸在泥里，把幼苗一株株地插下。这让人想起《苦米》⑧中的希尔瓦娜·芒嘉诺。在她们每个人身后，待植的秧苗一垛垛规律地摆放着。而前方开阔的田里，都是她们快速而精确地插下的一株又一株的稻苗。这些看似被淹没在水中的幼苗，却奇迹般，每一株都以惊人的速度在这湿热的空气中生根发芽长大，保证了一年三次的收成，保护了八千万越南人民免遭饥荒。这些弯着的腰，犹如鸟儿般迅速而优雅的动作，在走马观花的游客眼里构成了一幅欢快的画面，没人有空体会那些慢性腰椎疼痛、膝盖脱臼、皮癣和上千次重复动作的劳累。对于我们这些西方游客，那几头水牛悠长的节奏中所弥散的只有安详与美好。

我们在顺化参观了壮观的女皇城堡。幸好安德烈老实待在那可怜的船舱里。因为在这个十公里城墙围绕的巨大皇城中没有一辆黄包车。回程时还得翻越两个山口。从上面能望到山脚下无垠的沙滩延伸至碧玉般的海里。此外还要沿着湖边返回。那些湖泊中，如日本浮世绘所画的，飘浮着片片舢板，上面都悬挂着用四个小木桩撑开的渔网。一切沉浸在我所称之为永恒的静谧中。请原谅我平庸陈滥的描写，艾莲娜，一切都是这儿的景色所致，让人不能抗拒。

让十公里的海岸全都荒芜真是罪过！如同秃鹫般盘旋着苦等休息的人们必须成为共产主义者（或者科西嘉人？）才能拒绝海边的吊脚楼。但是共产主义在二十世纪最后几十年里依然顽强。从我们的越南导游身上就可以看到这种思想灌输。法国和它的影响，以及殖民期的功过都是禁忌的话题。多亏了我的"蓝色导游"⑨，我成功地对那个二十出头的"黄色导游"进行了审问逼供，终于让她承认从西贡途经顺化到河内全长一千两百公里的铁路是由法国人修建的。同样还有环绕皇城的沃邦⑩式城墙。

"那是由我们民主政府重新翻修的。"她坚持说道。

我给她念了我的指南，其中详细指出了修护工程是由联合国教科文组织负责的。她完全不相信。再也压抑不住目光里的愤怒："都是殖民主义宣传的谎言。"

我们对共产主义的方式和思想的编制稍有体会。就在梅尔莫兹号脚下的码头边，人民警察每天都要浪费我们一小时的时间，用来登记上岸游览的三百五十位游客每个人的姓名和地址，返回时同样一丝不苟地考勤般做记录。杜绝我们其中任何人企图定居在这个极度贫困且禁止做任何事的国度里！无数的承诺，连同财富一起把"工人阶级人民"放在第一位，就像我们的嘉鲁艾德克与玛烈特⑪教科书中所言。现在你该明白姐妹的作用：你渐渐地变成了我回忆的阁楼。反之亦然。我还能跟谁谈论嘉鲁艾德克与玛烈克，马烈与伊萨克⑫或者卡尔邦戈尔－菲阿利⑬？他们就像萦绕在我们学童时代的守护神灵。

至于我那魔鬼附身的曾孙，我不认识他的嘉鲁艾德克与玛烈特，他同样如此，这是理所当然的。这一代人的神灵在学校里根本找不到……

他们的神尽是那些名字狂迷、外表奇异的摇滚明星们。肮脏的老私生子、嗜血宝贝、疱疹或者干你老娘，统统被某个瘾君子，艾滋病患者或自杀者循环使用。那些我们曾温顺地练习并乐在其中的一切：听写、乘法表、省份知识（安德尔[14]，省会：沙杜胡；地区政府：伊苏旦、勒伯朗、拉沙特尔。我们能像在教堂唱连祷文般背诵这些地名，你记得吗！）多可笑，或者无聊透了——他们只会使用这两三个形容词。拼写法和法国历史呢？都是老疯子的强迫症。至于老师，他们只是一群可怜虫，任人殴打甚至挨刀子！

回到梅尔莫兹号上，我发现那位高大、肥硕、迷人的晚会主持人是我们的朋友团（伊夫·罗贝尔[15]，达妮艾尔·德隆姆[16] 和达尼艾尔·瑞岚）的忠实支持者！他认出我们，似乎看来"我们于此处格格不入"！此次旅行的每一位成员都有自己的群众。越南几乎一个不漏地汇集了从前所有的殖民官兵。他跟我讲述了上个星期在胡志明市的一件趣事："我们的战争"结束了五十年后的今天，一位官员仍然对一名三轮自行车老车夫命令道："中国人，拉我到市里要多少钱？"

另外一位，如出一辙，在晚餐桌上吹擂他经历的战役："杀了也是白杀，又冒出来，到处都是！那些小虫子真是难缠！太疯狂了！"这就像在纳粹集中营里，SS（德国纳粹党卫军）冷血地把男人或女人均视为"Stück"（肉块）以便于屠杀没有灵魂的他们。

两年前，同样的越南之旅，有一天晚上，主持人打断了梅尔莫兹号大厅里的晚会，通告了密特朗的逝世。

"整个大厅里顿时响起掌声！"他说道。我们真是无话可说了。

我明白了安德烈为什么不能忍受这里的气氛。这种气氛二十年来丝毫没有改变也将不会改变，除非这一代人不在了。他们曾为印度支那而战，却因他们无法决定的政治原因而非缺乏勇气，最终失去了它。

他一直讨厌团队，参观浏览，露天野餐，集体旅行，包括教育俱乐部。他惟一喜欢的是航海，就待在那只能八个人容身的狭小空间中（连同设备全在里面）！对他而言萨维尔的船很理想。但女人，她们显然不能拒绝提供全套服务的旅行。我细细品味着在这儿生活的每一秒：有机会抱怨自己既不必去买也不必做的饭菜；疼惜安德烈酒喝得太多的同时却不必替他敲碎冰块，就算他把雪茄烟灰散布在随手拈来的容器里，也会另有人打扫。只要涉及到旅行，有必要出版专门针对两性的不同手册，尤其不能遗漏了标出那些漂亮年轻脸蛋的比例在某某目的地的期望指数。在某个水平以下，男性的目光就会熄灭，腰驼了肚子也坠了。再往下！他们只能变成一群了无生趣的牲口，每一头都自问为什么要花这么多钱让妻子这么跋扈气昂。对于他们，日常生活没多大变化。无论在船上或陆地上，干家务的都不是他们。至于印度支那，就如同自己的作品一般，他们熟悉得很，所以比起我们的演讲者所做的关于胡志明或者武元甲将军的杰出报告，那些模仿电视游戏的晚会反而更能引起他们的兴趣。

　　我很惊讶没看到他们饰扣孔上没有佩戴红色的勋带。这群为法国冒过生命危险的男人们事实上并没有获得荣誉勋位勋章！"他们都是一些普通官员，"安德烈提醒我，"发了财的小商人和很难进入特权阶层的外省人。"而我们结交的常常是上层官员、名记者和大明星，都是有朝一日会走向荣誉顶峰的人。我们的社交圈不同，阅读的书也不同。梅尔莫兹的男人和女人首选阅读间谍特工小说和电视广播人物的隐私八卦。我曾质疑，到底会有谁会看此类书籍，它们居然比玛丽侬的书更畅销。我明白了：就在今年，在每双手里，都是克莱尔·查萨尔[17]和皮埃尔·贝勒马尔[18]的小说，安娜·珊克莱尔⑲的书（每个星期都能在屏幕上看到她，所以书肯定不错，况且这多棒啊！），或者玛伊特⑳和吉贝尔·卡尔朋吉艾尔㉑的回忆录。对于我们这些同伴的绝大部分而言，成功并不意味着做了重大发现，或者打破一项记录，或者为改善人类生活做了重要决策，而仅仅是上电视！无论是主持人还是罪犯，无所谓。

在结束我的记录片前不能不对你提起下龙湾㉒给我的震撼：从前还属于我们的时候被称之为"亚龙"（Along）！我们分成几小批人，分别乘上类似塞纳河游船的棚船，在几个小时内，所有人都被一路上峻异的景色所震慑。试想在一大片如同瓜德罗普㉓般的海域上，类似于瑞士群山丛丛的地形淹没在水中，露出交错嶙峋的尖峰和顶着绿冠的巨大石柱。其间分布着的一些临时的小港湾里，集聚了一些舢板。当地人就在船上生活、航行、捕鱼、睡觉甚至生育。整个家庭就像蜜蜂般劳碌：划单桨，煮海鲜，给孩子喂奶，捞起满满一笼奇怪的甲壳生物，向我们举着一些贝壳，螃蟹和玳瑁或漆制品。然而，我们什么都不能买。

在这儿，乞讨是明令禁止的，我们也同样被禁止施舍当地人……我们被告知，越盟政府虽然很穷，但有办法喂饱自己的人民。然而他们却聚集在梅尔莫兹号周围，目光里闪动着渴望，双手高举着，只要我们成功地避开海岸巡警的视线向他们扔一些火腿三明治、巧克力面包和可乐饮料，他们接到后就会迅速地藏在褴褛的衣衫之下。他们也无权向我们兜售那些漂亮无比的虾。那一筐筐装满虾的编笼啊！（这儿没有一个塑料盆！贫穷难道是维持美好的保证？）还有那些举着巨螯的粉红螃蟹，不知名的海蜇鱿鱼，硕大的蛾螺和外壳珠光闪闪的贻贝。我们待会儿将会吃着冷冻的海鲜幻想所有这些在我们船外蠕动的宝藏。

一想起玛丽侬留在凯尔德瑞克棚房里沉睡的龙虾笼，我心中顿时生发强烈的怀念。如果能允许我登上一艘舢板和那些"中国人"一起出海打鱼……可是他们已不再说法语，我们生活在两个不同的星球上。

如果有一天，当民主取代了共和，在这儿，我们将会看到，每个小岛上都有舒适的度假茅屋，每阵浪花后都是装备着雅马哈发动机的橡皮艇，每个小吃集市里都在出售各式捞网和鱼枪。美式棒球帽将替代柳条编的锥形帽，白色塑料的快艇载满了上千个对奇迹般的海鲜大餐无比垂涎的游客出海捕鱼。就这样持续十几年，直到海底都被洗劫一空，正如我们已经成功的那样。

如果有一天，当科学击败了衰老，九旬老太太们将身穿比基尼在这片海滩上欢呼雀跃，向头发疯长过肩的帅气百岁老头们抛媚眼，后者将把她们带到浴室里站着做爱，就像二十岁那样。夜晚，在设施齐全的旅馆露台上，他们带着怀疑的态度翻阅二十世纪的旧杂志，其中有一群可怜人秃着脑袋、穿着寒碜的泳裤、配备着心脏起搏器和由罗伯特·霍辛[24]推广使用的数码助听器（那家伙是谁？他们会疑问），正费力地比划着不协调的手势，恍惚地描述一次散步的回忆。那是在阿尔代什（Ardèche）某个按照勒吉·德布雷[25]的《深红色方案》而建造的自然保护区的小路上，陪伴在身旁的是妻子、母亲、情人还是姐妹？突然间，什么都记不清了……总之是一个女人，胸部几乎没了却多垫了一块髋骨义肢，眼角里含着泪注视着（也许是因为阳光刺眼而流的？）一位无忧无虑、体形丰满的少女，回忆起自己的过去……他的双手，由于患了十年的关节炎而变形，紧紧抓着摇椅——完全就像半个世纪前年轻丰满的母亲安置孩子的学步椅，于是就这样合上"生命的圆"。正如你所言，米妮，你真是拥有隐喻的邪恶倾向！

这本杂志的照片摄于下龙湾春天的一个早晨。这是大地最初的春天，就像他们所有人重获的一样。那颗装着起搏器的心脏并未忘却了他的青春，也不曾忘记了那些学生时代就铭记于心的诗歌，属于他那个时代的音乐："多美妙……"他开始轻声细语，但很快就禁不住放声念起龙萨㉖的诗篇：

> "亲爱的"，你我一同前往看一看
>
> 在清晨，向着太阳，喔喔，撑开了裙摆的
>
> 那朵玫瑰
>
> 是否在此刻黄昏失去了
>
> 喔喔喔喔，喔喔喔喔
>
> 似你这般的粉靥

"闭嘴，"就像克莱尔·贝雷德赛㉗作品中所描绘的"髋部义肢"在平静中伸起曾经是双手的爪子，大吼道，"求你闭嘴吧。我和你一样都知道这结尾。"

因为她同样并未忘却自己的青春。她仍完好如初，当然，只在心的最深处。

☞ 注释

①养老金领取者若在退休前死亡，其养老金可移转给未亡配偶。

②阿兰·德顾（Alain Decaux，1925—　　），法国历史学家，电视和广播制作人。曾制作大量历史记录片，并于1979年当选法兰西院士。

③让·拉德吉（Jean Lartéguy，1920—　　），法国作家、战地记者。历史学士毕业后作为记者投身于各个战场：西班牙内战、巴勒斯坦、朝鲜、阿尔及利亚、印度支那……几乎见证了二十世纪下半叶的战争历史。

④堤岸（Cholon），位于越南南部，现同西贡、嘉定市合称胡志明市。

⑤岘港（Da Nang），越南中部最大的港口城市。

⑥芽庄（Na Trang），位于越南中部南方庆和省的省会，也是著名的海滨旅游胜地。

⑦奠边（Dien Bien Phu），位于越南西北部与老挝接壤处。因1954年越南军队在此大败法国军队的奠边府战役而闻名。

⑧《苦米》（*Riz amer*，1949），意大利电影，由朱塞佩·德·桑蒂斯（Giuseppe De Santis）执导，意大利影星希尔瓦娜·芒嘉诺（Silvana Mangano）在片中饰演女主角。

⑨《蓝色旅行指南》（*Guide bleu*），Hachette出版社发行的一套旅行指南丛书，封面均为蓝色。

⑩沃邦（Vauban，1633—1707），法国元帅、军事工程师。

⑪嘉鲁艾德克与玛烈特（Galouédec et Maurette），法国20世纪前期中小学地理教科书的编写作者。

⑫马烈与伊萨克（Malet et Isaac），法国20世纪前期中小学历史教科书的编写作者。

⑬卡尔邦戈尔－菲阿利（Carpentier-Fialip），法国20世纪前期英语教科书的编写作者。

⑭安德尔（Indre），法国中部一省。省会城市：沙杜胡（Châteauroux）；属下三个辖区的地区政府城市分别为：伊苏旦（Issoudun）、勒伯朗（Le Blanc）和拉沙特尔（La Châtre）。

⑮伊夫・罗贝尔 (Yves Robert, 1920—2002)，法国20世纪最优秀的话剧专家之一，身兼数职：剧作家、话剧演员、导演和制片人。

⑯达妮艾尔・德隆姆 (Danièle Delorme, 1926—　)，法国电影演员、制片人。1945—1955年间与后文中的法国电影导演兼演员达尼艾尔・瑞岚结婚育有一子。离婚后于1956年与前文中的伊夫・罗贝尔再婚。

⑰⑱⑲三位均为法国广播电视名人，主持并制作多档节目。

⑳玛伊特 (Maïté, 1938—　)，法国女名厨，由于主持了法国电视三套的厨艺节目而备受观众喜爱。

㉑吉贝尔・卡尔朋吉艾尔 (GilbertCarpentier, 1920—2000)，与妻子玛丽一同在法国20世纪50—90年代制作了众多著名的广播和电视节目。此处，作为知识分子的爱丽丝因为不熟悉电视节目而把卡尔朋吉艾尔夫妇当成两个电视名人。

㉒下龙湾 (Baie de Ha Long)，位于越南北部，被联合国教科文组织列为世界自然遗产。

㉓瓜德罗普 (Guadeloupe)，法国海外省，位于加勒比海东部的小安的列斯群岛。

㉔罗伯特・霍辛 (Robert Hossein, 1927—　)，法国当代著名戏剧导演。

㉕勒吉・德布雷 (Régis Debray, 1940—　)，法国左派思想家、哲学家、作家和一般传播学创始人。20世纪50年代末曾参加古巴革命。1981年，密特朗当选法国总统，德布雷任外事顾问。在其《深红色方案》(Plan vermeil) 一书中，德布雷对欧洲老龄化和人类的衰老进行反思。此外，深红色在法国日常生活中常代表老年人，例如前文提及的火车票老年优惠卡。

㉖龙萨 (Rosard, 1524—1585)，法国最早用本民族语言而非拉丁文写诗的桂冠诗人，他和友人杜・贝莱 (du Bellay) 及其门生组织"七星诗社"，提倡以法国民族语言写诗。他的传世之作多为爱情诗。

㉗克莱尔・贝雷德赛 (Claire Brétécher, 1940—　)，法国女插画家，20世纪60年代曾参与《丁丁历险记》的绘制。

10　玛丽侬与莫里斯

乘船远去的那一刻，才会蓦然发觉一切如此不同。那些小港湾，岬角和海滩渐渐地聚为一体，但这个整体并非所有成分的简单总和。

年龄同样也是一种距离：让你开始察觉自己的生活是个整体，而非其构成因素的并列组合。每个因素如同回音般漪漪回荡着影响下一个因素，而后者又反过来改变前者，以至于我们不再能分辨昨天今日和青春的开端与尽头，却有某种含义从这个总观的全图里悄然崭露。

早在少女时代，我就想象自己从年轻女孩变成女人，变成几个孩子的母亲，变成教师，然后成为著名撰稿人。我甚至想象自己在最后的住所里，由一堆泪眼汪汪的忠实女读者守护着，寿终正寝。

我不敢奢望能拥有男读者，因为我早就意识到那可笑的优越感，充其量只是由同辈的女性知识分子们在六十年代的雄心壮志所致。我的孩子们将为他们从未预想的这份荣耀而惊讶不已。给我一个萨特式的葬礼①，极小型的就好。当年"萨特的人民"出殡的队伍使我大为震动！我如果能拥有一小撮群众就很满足了……一个小团体也行……

"原来妈妈如此受人爱戴？"我理想中的后代们——两个女儿和一个儿子将含着泪光说道，他们因为对我的一生毫无所知而愧疚。

这少女时代颠倒而混乱的幻想，直接把我带入生命死亡和灵魂升天的阶段，却忽视了老年这趟长途苦征。其中遗留了一个抽象的概念，一个在目录卡上不曾编过索引的领域。我当时希望自己寿终正寝却不曾想过变老。

因此，如今年近六旬的我第一次失去了确切的年龄。为了这个未定的年龄，我浮游在一个难以下定义的区域中，最好是五或六年，某种就像预退休那样的预衰老期。在此阶段，我们还可以追求一切却同时一瞬间失去所有。

我想象二十年后我将会时常骄傲地说："知道吗，我已经八十岁了"，而且会打扮得有模有样。但六十岁实在没什么值得夸耀的。这个年龄，我们不敢承认做了拉皮手术，为了预防还停留在想象中的种种疾病，严守各种荒谬的食谱。这个年龄，说谎成为生存的条件反射，欺人且自欺。正因为这微弱却蠢蠢欲动的坏念头让我还能深信自己的生命仍然完好，自己仍是这片土地上的居民，和其他人并无区别。可我忘了只能看到自己的正面，因而忽视了另一半关于自己的信息。我常端详的自然是正面，因为这一半展示着我的脸——这面橱窗还能任我随兴布置。每当在一面镜子前看到自己的时候，我会想尽一切地去否定自己那些不知不觉的变化：把眼睛向鬓角两边拉一拉，让嘴角向上提一提，给眼神中注入一星诱惑……每个女人在镜前都做同样的鬼脸而且都如此相像！

从二十岁的岬角上观望，看到六十岁的自己自然是不堪的。那一边，在生命的另一头，是如此不真实，当时就算想起到达的时刻也只是轻描淡写的想象。一年又一年，如狼的脚步般悄无声息却倏忽而至，直到那一天，我能佯装着没有察觉任何可疑的迹象。当我睡着了，我深信早晨会像平常那样醒来，也就是说正常地。因为正常是一种不标明自己年龄的青春。直到出现了反常的证实——例如，有个男人在公车上给我让座，这个流氓，混蛋！虽然出现了一系列生命中途反常的名单，但松弛衰退的迹象还未真正爆发，我还在掌舵，还能毫无让步地避开逼近的不幸。莫里斯和我结伴同航，带着亲友们，小心提防着越来越多的暗礁，险恶地出现在我们逐渐接近的六十岁——这片咆哮的海洋上。至于那些习惯了失望丛生的朋友（如今越来越多），他们继续优雅地深陷于贪恋不舍的快乐罪恶中，等待着，尽可能地推迟自我毁灭或者……获得诺贝尔奖——当然这从未授予任何一个无忧无虑的享乐者。

但我开始察觉我那万能的部署有个漏洞：贝利昂快七十了！情人必须保持情人的样子。只有丈夫被允许失去魅力（适度地）。但他仍然手握王牌：一贯被贬低的日常生活，在莫里斯那儿，由于他的幽默，变成维系我们共同生活的工具。每天一起评论报纸，一起愤世嫉俗，分享着不需要借口，只要我们乐意，就可以直接飞往马拉喀什或者安的列斯群岛的自由……

贝利昂的优势，自然是激情的浪漫主义：每次重逢时激情依旧的奇迹，既没有脏衣服之类的日常琐事，也不必每日看着彼此背部日益弯曲、掉牙或者忍受痔疮的痛苦。他那高大如米开朗琪罗雕塑般的身躯里一切从未改变：他的天真、俊朗，对我极度的爱和四十年来对我的忠诚，以及频繁而精力充沛的做爱方式。惟一的劣势仅是一个数字：70。

　　猛然发觉，莫里斯"只有"六十四岁而已！无论如何，在我的生活中有一个老头还过得去，但两个的话，简直让人发怵！尤其当我们周围的亲友们见了老人就抬起屁股走人，其实他们也一样都老了，甚至死了。解药是什么？——别任时光枉付于时光。我们曾富有的时光啊，长期被我们挥霍糟蹋，却从今起变成快要过期的食品。不能再浪费和贝利昂重逢的任何一次机会，只为了让他从死亡漩涡里逃离，否则，不仅蓓姬深陷其中，他也会窒息而终。众多原因使我们分离了近一年时间：他儿子的事故，我未完成的书，莫里斯的消沉（看似不知情）。我怀疑这些消沉和委屈从来都是假装的，哪怕都是无心的。

　　我后悔为了避免莫里斯的不快而让贝利昂一个人过七十岁。避免伤害的顾虑一半是出于懦弱。贝利昂对我的无尽的爱，究竟达到什么程度，我是否真的能准确地衡量；而和他在一起传奇般且沉重的爱情却让我更欣赏莫里斯的轻佻，还有他那谙悉如何充分地去分享生活的品味，优柔寡断的温情以及他的运气。重复的运气就不再仅是一个巧合，而变成了优点。

　　在某种程度上，我们夫妻生活的维持应归功于贝利昂，而我自己则感谢他，让我同时成为两个不同的女人却不必牺牲其中任何一个。塞尔琳娜·坤斯坦丝的秘密身世缓解了我的遗憾，成为我与我的特里斯坦之间牢不可摧的羁绊。我决定这个春天前往爱尔兰的小屋与他相聚。正是在那儿，我曾度过了生命中最纯粹的时光。

我只想在他双臂环护下入睡，假装从来都在一起生活一起欢笑，而且永远如此。"让我们再结一次婚吧"，我们绝望地听里奥纳德·科恩在歌曲里唱着。听科恩的歌除了绝望还能有其他方式吗？我只想把他拥入怀中，这个多年来一直潜伏在我生命角落中的那个男人，只等一个信号便出现，带我一同分享生活，一起重温所有时光年轮上美好的片断，却从未淡化我们那炽烈的欲望和每次告别撕裂般的伤痛。

暂且不对莫里斯提及此事，他一直间歇地佯装失落，每回都像从云端跌下来一般。这是我出轨的代价。尽管如此，他每星期都看到一封封长信寄来，上面签着贝利昂自学的不正统的大号字迹。他每次都必须对自己重复说：我除了他以外还另有所爱，自混沌初开直到我们所剩的永远。他问我蓓姬的病是否恶化了？就好像他不知道蓓姬是我对她丈夫的爱的担保人：贝利昂相信正是因为轮椅上的蓓姬，我们永远不能在一起。他感到她在余生里更离不开自己，这反而减轻了他的双重罪恶感：身为不忠丈夫的同时背负着爱尔兰天主教所反对的，近似于原罪的，生命的过度愉悦。

明天正是莫里斯的生日，这是我提出前往爱尔兰旅行的好机会。这个问题一直令人如坐针毡。我们通常都会到最好的餐馆里以烛光晚餐庆祝，坦白说，我们实在不知道在日常生活中还能再做什么。

我们都很乐意相信在共同生活中彼此的关系更为深入了。关系也许真的如愿，但对彼此的了解却并非如此。生活慢慢地硬化了交流，取悦对方的能力也萎缩了。终于有一天撞上了一堵由累积的谎言和心照不宣的秘密、大大小小的背叛、温情中变得不可救药的厌倦，在彼此冥顽不化的心上所堆砌而成的玻璃厚墙。

这正是为什么我们需要一个豪华精致的环境。在家里则雇佣昂贵的保姆，的确有效地拉近了我们彼此的关系。因为在和塔娜决裂以后，身体在我们之间变得悲哀。一次决裂有时根本不能解决什么。但莫里斯生平第一次感到耻辱：同时让两个女人不幸使他惊惶失措，顾此失彼地满足了这个还要应付另一个。在这种事情上，最精明的算计同样也是最卑鄙的。

我们最后还是回到一起，可是，像两个伤兵。我们恢复了爱的肢体语言，可是，爱，却不情不愿。这种缺失比忧愁或嫉妒更让人难以忍受。在我的双唇下，莫里斯的皮肤不再有草丛热腾腾的味道，他颈上的卷发只是过长的头发而已，不再吸引我的手指去环绕。夜里，我像贝壳般贴在莫里斯背上。他像块磐石般忍受着。重新去依恋他，对我而言并不可行，甚至猥亵，就像想象如果我从未认识他，从未爱过他，也不曾在他的陪伴下如此幸福地生下一两个孩子……

该如何解释这非同寻常的恐怖？

一直以来，莫里斯对女人的欲望比起自身的更为敏感。他喜欢被征服且厌恶挑起对抗。我喜欢他身上阴柔的这一面。原先是我把他套牢，而他也任我驰骋，两人都半开着玩笑。如今却需要暴力打破我们之间这道墙。它并非由我们的不和所致，却把我们都石化了。我们甚至在塔娜问题上取得一致，我克制着自己给她打了电话，为了让三个人都谈谈这场无人胜出的漫长战役。是的，我保住了莫里斯，似乎胜利了，但从来只有失落的胜利者。是否每一对老夫妇生活的层层地表里，堆积的都是他们周而复始的落魄与失败和牢狱般僵冻的相处？

我们好歹恢复了生活征途的速度，多亏了长久以来幸福的习惯，从而时常能成功地感到愉快。简而言之，我们之间不再有触电的感觉。爱情于六十岁熄灭，这是对美好世界的侮辱。同样也是个致命的危机：七十岁很难重新点燃爱火！

莫里斯就要进入他的六十五岁，但我觉得他根本没有衰老的天赋。

他自然的优雅，自如的从容和不胜数的天资使他过上不同的生活却收获同样的幸福。那天晚上，他所庆祝的是六十四岁的结束而非下一年的到来。我们面对面地坐在令人鄙夷的顶级餐馆里，那里的女士菜单是不标价的；这一回，莫里斯任由自己内心真实的只言片语脱了缰。但是对我而言，他那秘密般的自我和这张菜单一样不明朗。我只知道，我们已不再是简单的你我之和，就像相隔的两边河岸，你和我也不再是三十年前刚结婚的我们。和那些经历过动荡生活的夫妇们一样，我们开始发自内心地谈起我们的过去，而非不可测的将来——因为那儿刮着阵阵不知名的风。

"当时，我生命中出现了一段空白的时光。"丈夫说道。

当时，妻子心里自言自语，我拥有一段充实的时光……我和贝利昂一起游览了多尼戈尔郡，在那个夏天……

"你那时甚至没有察觉。"面对妻子的沉默，丈夫又说道。

他能怀疑的也就到此为止，妻子想，想象我和你跌入深渊里。

"我拒绝去察觉什么，"她说道，"既然我根本不想去做你所希望的……"

"希望什么？"

"好吧：例如和贝利昂分手，然后凑合着再和你坠入爱河……这个愿望是所有发现自己夹在两个……奇怪的东西……之间的丈夫所共有的！"

"你先别撅着鸡屁股嘴说什么贝—利—昂。"

"那你想让我怎么叫他，"妻子说，"莫里斯二世②？"

"叫莫里斯又不是我的错。"莫里斯说道。

"我常提议叫你里斯莫。反念隐语③，这是潮流！！而且里斯莫，多好听，不是吗？"

"如果我也是爱尔兰人，就该写成 Morris④，那就完全变样了！对了，他多大了，那个爱尔兰人？请原谅，他的名字真拗口……"

"你只要念贝利昂就好，我愿意看着你说英文的时候也撅起鸡屁股嘴。"

"玛丽侬，尝尝这肥鹅肝佐葡萄干。太美味了。这瓶沃斯尼－罗曼纳真是美妙之极。曾经有一阵子，你眼里只有赛内克罗兹，记得吗？"

他的目光里充满柔情的怜悯。他喜欢我有些无知的空白。

"我还是更偏爱阿尔及利亚的红酒。那是我们最初的酒，我在菲利克斯·波旦连锁店里买的，就在我们家对面。我们当初也一样美妙极了：我眼里只有你，记得吗？"

"现在看来不一样了。"莫里斯审慎地说道。

"我担心当年对你而言相当沉重……这个突然间入住你家中的

女人，带着她那如丽兹酒店般壮观的爱情……"

"而我则担心对你而言是一种不可承受之轻……"

"但我们却继续生活在一起，亲爱的。我们有很多让彼此厌恶的理由，而且是本质的。我怀疑，接受对方身上不可理解或者说不能妥协的部分，是否就是老夫老妻成功的秘诀；因为存在着总有一天会了解的希望！还记得第一次见到你时，我对自己说：'无论如何，不是他！这简直是个无耻的诱惑者！'"

"为什么无耻?"

"因为在我年轻时，诱惑对我而言……该怎么说呢……不是什么光荣的行径！并非由于你的魅力使你成为我的例外，而是因为诗。那些你铭记于心的诗句和你那喃喃低沉的嗓音，有点像雅克·杜埃。还有你对海洋疯狂的爱，正与我的相投。和你在海上，我觉得自己很平静：因为没人能取代我！"

"这正是所谓的组建一个团队，我亲爱的。而且，正是在海上，我第一次吻了你。"

"你那天第一次给我念的诗，我至今仍记得：

> 无人观看时
>
> 海不再是海
>
> 和无人熟视的
>
> 我们一样"

好诗，因为它让人联想。我认为这是真正的诗歌的标准。可我当时并不了解苏佩维埃尔⑤。

"他再加上另外几个诗人，就是我这个无耻诱惑者的全副行头。"

"的确，你一直还在受益，我敢肯定！我希望你能为我考虑谈谈这个问题。似乎这瓶沃斯尼－罗曼纳能让人招供！也可能是因为我们昨天看的《圣诞蛋糕》……"

"啊，没错，你觉得我像电影里的赛巴斯蒂安。我接受这个比较：克劳德·里奇，他是个有魅力的疯子！是个诱惑者……"

"但他一点也不无耻……这是个纯真的诱惑者，没有丝毫邪念！我有个主意：我们来演克劳德·里奇和佛朗索瓦丝·法毕昂那场戏吧！他向妻子坦白，在她所有的女友中，三十年来他都和谁上了床。我也一直问自己到底是谁……我今晚带了记事通讯录，给你建议一些名字。你说你多幸运吧：先前所有的记事本我已经扔了。反正，我那时候什么都没看到。当时的我不是'木头'而是'傻瓜'！"

"你当时那样比现在更幸福，我的小宝贝儿……"

"这么说你是为了我的幸福！的确，这持续了好多年……一个对爱轻信不疑却不大机灵的女人，对于男人而言是件多好的礼物啊！"

"我们俩都很幸福，你得承认……"

"三人，应该说？而且还如此志同道合！"

"听着，起诉的人应该是我。你比起从前没那么爱我了。我明白，或许是我自找的，但你的妒忌心却一直不变。"

"是你自己更乐意这么想。毋宁说我现在不像从前那样盲目了。"

这时，沉默变成一种必要，面对一小碟阿马尼亚克烧酒喷烤小牛胸腺佐牛肝菌菇，用来发出"嗯……"的沉醉声。我们身旁的一对夫妇带着他们"抽了苔"的老女儿，就像我母亲在我年轻时曾残忍地说，那些没能在花样年华时结婚的女人们，结局势必要找个恐怖的糟老头。我究竟怎样做才不会"抽薹"呢？这成为长期困扰我的问题！

另一桌是一对偷情人，都是成熟的年龄，十分明显地在等待上床的时刻。白头发的帅男士在桌下双腿紧箍着伴侣的双膝，而女士，被快感所点燃，轻抚着她那双蓝眼睛所爱的对方脸颊。

"二十年前，"莫里斯提醒说，"我不相信上了年纪的人会在餐厅里这么明目张胆。"

"老年人没有权利在公众面前行为不端……在1968年以前。那会立刻变成老猪猡，可从不会有人说什么年轻的猪猡……"

"道德风尚的解放不仅只限于年轻人，幸好……"

"说到老人，我是否跟你说过父母亲已经从越南旅行回来了？看起来好像不大高兴。"

"这趟旅行本来就是个坏主意。安德烈不会喜欢像被押送似的团体旅行。"

"没错，但你还能指望他们做什么？他们已经不是能和萨维尔出海的年纪了。他们也没有真正属于自己的别墅，难道让他们去住旅馆，俩人都去瓜德罗普？这对爱丽丝可不是好玩的。爸爸身体并不太好，你知道的……"

"玛丽侬，问题不在于越南或者瓜德罗普。问题在于他们已经八十岁了！他们还能去哪儿！他们的朋友也一样，如果他们还没死的话！先前，爱丽丝还有妹妹，但现在她被维克多的帕金森病困住了。到了一定的年纪，病倒的不再是一个人，而是一对人！"

"你说的太可怕了，莫里斯。我们说点别的开心事吧。瞧，我拿出记事本了。"

"我认为一个个点你女友的名字太不雅了。我不能拿这些名字给你提供话柄。"

"啊，是因为事实上比这还更多吧？你得承认……"

"你想让通讯录上一个名字都不剩吗，我可怜的宝贝……"

"难道我非得和你所爱抚过的女人们绝交吗……但比起失去的朋友录，我还是更喜欢你的情妇名单。你看，上面的人名已经开始变少了。究竟是从何时起，我们变成每年都得更新通讯录信息？旧本被付诸于火，就像同时带走其中一半人似的！来吧，莫里斯。就一回，跟我说实话：例如，吉乃特·布里埃?"

莫里斯翻了翻白眼。

"好吧，她有八十五公斤重！那么，蜜雪儿·布维赫尔？安德丽·首松？还有克丽斯安娜·德狄尔？这些我都知道了。那么她的妹妹克洛儿，瞧瞧?"

"从来不只一个：姐妹俩一起上，玩三明治。"

"一点也不可笑。我觉得我的调查没开好头。不过有个人，我真的很想知道……她是否斗胆在我眼皮底下动过你：G字头，你知道我说的是谁，显而易见……"

"G开头，我知道有三个人可能。"

"好啊，跟平常一样，你真是自命不凡得令人恐怖。像极了黑赛在《查理周刊》⑥上总结的那样：'都是婊子，除了老妈……'"

"那你呢，把自己归入哪个行列，我的天使？"

"幸运的是，我没有继续当圣女；我是个死去的殉难者！"

"但你首先是一个拥有伟大爱情的女人。简而言之你有的也不少。谁都不容易，你得明白。"

"尤其当你策划着扭转形势的时候！现在是我在上诉……"

莫里斯开始研究甜点菜单，希望能避开他极少会冒险涉足的感情流沙。

"不过还是说说，关于伟大爱情的话题，你很久没再见的，那个可怜的贝—利—昂？他妻子病情恶化了吗？

"没有，还是一样，仍是一个偏瘫神经硬化肌萎缩症患者该有的糟糕状况。而且还是进行性的。居然只能说发展，而从不能说衰退，这狗娘养的。"

"这病的确就该叫狗娘养的。"

"她每年都要去一个专业机构接受一段时间的治疗，像是海水浴疗之类。所以贝利昂建议我和他四月份去凯里郡的房子里过上十天。我想我会去的。你跟我说过四月份要和萨维尔开船去克林纳丁斯。你也知道他有客人的时候，我不太喜欢待在船上。至于你，掌舵，开船……而我呢，大家都忘了我也会掌舵，保持航向或者升帆，我又回到家庭妇女的角色，早在巴黎就已然如此了……一点异乡感也没有……"

"没什么比在贝利昂怀中更令你陶醉的，别找什么借口了。"

"我没找，况且根本没有借口。但你兴许可以想象一下，面对这众人皆知、长年无法治愈的沉重疾病，他过着怎样可怕的生活啊。"

"我也同样过着可怕的生活，在某方面。"

"别太夸张了……我和你在一起时，我只和你在一起，你了解的。而且这是人生最大的一部分！我们有孩子，有共同的朋友，共同的生活……我们是夫妻啊！"

"那么蓓姬呢，她会怎么说？"

"她从一开始就知道是怎么回事。他不会撒谎，这可怜人。"

"我也不会：我不撒谎，逃避而已。"莫里斯说着优雅地转了转手。

"我怀疑这是否更糟？你看，塔娜这件事，如果我早知现在如此，就绝不会殚尽心力地去否认事实，充当无畏勇者，等待结束你的荒唐，而且还放弃了我能找到的最下流的咒骂，其实却也是最好——'要她还是我。选吧。'结果：三个重伤员。我们的确都能治愈，但总在难免的挫伤之后。但如果你跟塔娜在一起也会一样幸福的，我坚信。她是个好女孩。我真为她感到遗憾。作为朋友，我想这么说。至于我，最终还是会好起来的，果真如此的话，我会很难过，因为我爱你，亲爱的，虽然看似肤浅，但你了解我。对于痛苦我并不陌生。"

"别说蠢话了。我从未想象没有你我该怎么活。从来不会。任何时刻都没有。你至少会相信这一点？"

"总之，塔娜她是这么希望的。我曾拆过她的来信，所以知道。我想你当时的确逃避了。"

这一回换我转了转手中几乎空了的酒杯。我从不逃避，固有的或是想象的都不。

"你想和我一起生活，也许吧，莫里斯。但和所爱的人做爱，也是和她生活的一部分，不是吗？"

"是的。"莫里斯沮丧地说，"我不明白我们之间怎么了。也许需要时间来原谅对方所造成的伤害。"

"当时我耗尽心力为了不在三个人中充当恶人，任凭我们的情感流逝，没有任何最终决定。但我现在也埋怨你了。开心了吧！我们全盘皆输了吗？"

"我能对你说的只有：我还爱你，知道吗，我—爱—你。"他温柔地握着我的手，用动人的嗓音哼唱道，"这次逃避是为了你，你难道不相信吗？"

"也许吧，但我还爱你，俨然不是我爱你……你不认为吗？"

"这是布烈尔①的歌词，而并非我的。我不知道你的感觉，但我认为这是违反自然的。我们不再有关系……所谓的性关系，却还保持着关系……所谓的爱恋的关系。"

"不正常吗，我不知道。我只觉得特别悲哀，躺在那儿像根木头似的，而你蜷缩着……谁也没抱怨，就好像我们都在害怕。"

"可我们的确害怕。性是如此反复无常而且……稍纵即逝。为什么当我们有求于彼此的头脑时却不再有求于彼此的身体？"

"一个相当宽泛的问题，就如戴高乐所言！"

"玛丽侬，你真该点一杯爱尔兰咖啡，我敢肯定这儿的很正宗。不会有樱桃或吸管在上面。我喜欢看你喝：这让你变得特别人性化！"

"你是觉得我心肠很硬吗？我总责怪自己一直太懦弱了，对男人们，对我们的女儿们……还有我教书时的学生们。"

"狠心肠，这词不合适。你甚至是很温柔的，但在心底，你是块磐石。有时，这让人害怕。你知道吗，我一直记得我们第一次做爱的日子：在瓦尔斯，冬季运动度假俱乐部里。发现事后你泪流满面，我大受震动。"

"我当时发觉……我不想说是高潮，因为我先前偶尔也会触及它。那是某种未知的感觉，没那么短暂，像是我体内冰封的一切全都融化一般。我第一次没有逃避自己，感觉完全和你融为一体，就像男人和女人之间的防线全消失了……我们不再是在做爱的某某先生和某某女士……我们所经历的，是这片土地上最美好的事。一种颠覆性的震惊！于是我哭了！"

"当时我们究竟怎么做到如此的痴狂？"

"你知道吗，我和女友们，或者偶尔参加的女性聚会里谈论过。但男人们不喜欢涉及此类问题。这听起来很疯狂，但的确存在一些结婚二十年甚至时间更短的夫妇已经几乎不做爱了。甚至根本不做了！人们不知情是因为他们撒谎，所有人都是。你看过这阵子有关日本夫妻的调查报告……结论是 40% 的已婚日本人，除去新婚第一年的，没有任何性关系！"

"有婚外的吗？"

"关于这点，没有提及。但无论如何，他们的确会撒谎！事实上，我们根本不了解他人的性生活。甚至连自己的都不明白，这太常见了！"

"但这并非为了让人明白而为之。幸好。"

"你说的没错，但这正是让我所害怕的。我也许根本从未了解你？我问自己你是否从未有过真正的幸福？而我是真的很幸福。我一开始把你当成一个快乐汉。而我错了。那只是幽默，却正是快乐的反面。你喜欢生活的各种事物但并非生活本身。你迷恋调情、献媚、殷勤的逢场作戏，但这只是爱情追逐的规则罢了。在日常生活里，你保持着距离，神秘甚至冷漠。例如，走在路上，你从不会拥着我。而且我们从未牵手散步。多可怕啊，我真腻味透了！别人就连出了汗也不曾放开手。你也不会毫无缘故地吻我，就像现在，如此温柔的激情里也不会……而且你从来不会大笑，只是冷笑！"

"今天是我的生日，但似乎今晚并非我的节日。你了解我厌恶谈论自己，更厌恶别人谈论我。"

"和这样的男人在如此的条件下生活简直是件艰难的壮举，你必须承认！我的男人，正是这个陌生人！"

"你还是跟我说说今年要送我什么生日礼物吧，除了宣布你的爱尔兰之旅？"

"一棵树。"

"什么？"

"我已经把它植入凯尔特鲁克家里的苗木假植沟里，等到万圣节再种到花园里。这是一株秋生樱桃树。整个冬季都会开花。这难道不美妙吗？"

莫里斯以他的方式平静地打趣说道。

"你总有这样的天赋来送我一些让你自己开心的礼物！"

"也许是因为你从来都不送我，亲爱的小羊羔！你总是抱怨在布列塔尼的最后一朵玫瑰和第一朵茶花之间什么花都没有。我希望从今往后，你的办公室窗前，整整一月份里都会开满白色的花！但你放心，在家里还有东西等着你：艾美丽、塞尔琳娜和我一起选的：一件暗红色的夹克衫，皮革质地羊毛里衬，典型英国风格，你待会儿就知道。配上灰色的长裤和灰白头发,你肯定非常性感!我如果还有点逻辑的话,应该给你买一件杏色的带风帽粗呢大衣,就像过时了二十年一样……如此一来我就没什么烦心事了……"

"你很明白我是不会穿的!我会给自己买件藏青色的开司米外套,就像当年遇到你时我穿的那件,你还特别讨厌,记得吗?"

"瞧你当时那副花花公子的坏相,用发膏抹得油亮的波浪头,而且还那么自命不凡……真恐怖!像极了亨利·卡拉⑧!妈妈警告我说:在这种男人面前你简直无足轻重!可是两个月后,我爱上了你!真可怕啊,爱情!"

"是啊,我亲爱的,我也这么认为!我们都有足够的理由这么想。走吧,今晚回家路上我拥着你。一切都是可能的,你瞧……"

☞ **注释**

①萨特逝世当日,送葬队伍长达三公里,大约有五万人自愿地前来为他送行。在巴黎,这是继19世纪伟大的作家维克多·雨果逝世之后最盛大的葬礼。

②"莫里斯(Maurice)"在西方文化中是个古老而常见的人名。在众多取名为"莫里斯"的名人中,包括了582—602年间在位的拜占庭帝国皇帝莫里斯(539—602)。此外,非洲岛国毛里求斯在法语中的拼写与此人名相同。这正是为何在前文第8章中,玛丽侬取笑莫里斯的名字。

③用颠倒音节的办法制造的代码式隐语。在法国,年轻人之间喜欢以颠倒的方式说笑。此处"Maurice"经过颠倒音节变成"Rismo"。

④Morris英文中相对法文人名"Maurice"的写法。

⑤苏佩维埃尔(Supervielle, 1884—1960),法国诗人、散文作家,主要诗集有《凄凉的幽默诗》、《站台》等。

⑥《查理周刊》(*Charlie Hebdo*),法国著名周刊,以讽刺时政漫画为其特

色。黑赛（Reiser，1941—1983），法国插画家，《查理周刊》创刊时期的主要人物之一。

⑦雅克·布烈尔（Jacques Brel，1929—1978），比利时歌手，作曲家。

⑧亨利·卡拉（Henri Garat，1902—1959），法国歌星。

11 反对孩子

　　题名就这么简单:《反对孩子》。如果可能,将由德诺艾尔出版社出版,编入近几年大获好评的《反对平民》《反对婚姻》《反对爱情》或者《反对青春》的系列里。但我的檄文肯定会被拒绝,因为在我们这个社会里绝不允许说孩子和狗的坏话。甚至一篇同一主题的幽默小文章也会在《我们,女人》那儿吃闭门羹。身为一位坏母亲,还能凑合:人们总能给她找些理由,总会有一位心理学家前来,十分学究地解释母性情感的二重性。相反,身为一位坏祖母是不可原谅的,至于坏曾祖母,那完全就是可怖之极。我一生中曾为众多的女性报刊写过那么多深刻的文章,如今又一次感到当务之急要写下现在所想的一切,上了年纪,时间不等人了。总之,像一个颠倒的米努·德鲁埃①……

两位自由的、现代的、自认为智慧的祖母与她们的两个小孩儿在一起生活整整一周的时间。这个经历令我万分沮丧。

　　年龄的悲哀之一，是发觉那些最卑劣的传统，最鄙陋的偏见，最该受到谴责的行为，以及早在三十年前被社会学家和心理学家批判且唾弃的一切，竟然纹丝不动一直存在。

　　我们已把这个堡垒的一隅推垮，然而，它却依旧屹立不倒，如此令人绝望，使多少世纪多少革命丧失了信心。我那一代人的战斗（是否更应该称之为乌托邦？）大致覆盖了整个二十世纪。我当时认为性别的平等是深刻而不可抗拒的历史进程；所有社会、道德和政治的进步是不可质疑的，至少在西方，这一切进步会颠覆妇女的生活和男人与女人之间的关系，甚至会在全球范围内第一次动摇两性关系。可怜的爱丽丝！

　　在已逝的世纪中，所有的乌托邦全都崩析了。这是最常见的噩梦。任何一个宗教都没能解决人性中哪怕最细微的问题，也从未触及公正的最末端。事与愿违，就算那些最初慷慨而负载如此众多希望的教派也不例外。

　　伟大理论的失败，常被日常生活里最清晰的检验所证实。看到最陈旧的男女关系模式重现在七八岁孩子身上，真让我失望。是否意味着全完了？但我拒绝承认。如今第二个千禧年将要结束，瓦伦丁，我的曾孙，和艾莲娜的孙女，佐艾，将生活在第三个千禧年里。然而，他们的角色早已根据迂腐的处方分配好了，就像我们所有精彩的演讲全都付之东流。

　　事实上，改变的确存在，而且是最糟的：我们的孩子甚至孙子如今都和我们平起平坐，更不用说老师了！他们倒是记得 1968 年最坏的一面：蛮横，对现有权势的否认，暴力和自我满足。但希望是无竭尽的，像海潮冲击着礁石。和表面现象相反，有一天退让的终究是礁石。总有一天……如果我对此有所质疑，那么生活将无所适从。

此刻，我的妹妹和我，满怀希望和绝好的计划，准备和我们所信任的两个孩子，过上一个星期的摩登祖母生活。每天我们将为他们炸薯条，和他们一起玩打仗游戏，痛失所有领地只剩两三处容身；我们陪同他们前往小驴俱乐部和一群妈妈与祖母们坐在一起等待，像雨一般百无聊赖（这儿没有一位老爸！他们可没那么蠢！）；晚上我们给他们讲故事，分别扮演灰姑娘或小拇指，还一边模仿吃人妖怪的声音，在念佩罗②故事的第 N 遍前哄他们入睡；最后，我们还会勇敢地品尝酥皮苹果派和巧克力慕司蛋糕，或者那些经过无数次失败以后的作品——包括一系列的厨房灾难之后，例如锅碗瓢盆的跌破，火候过大以至于烤焦了，还有每种材料黏在地板上到处都是。

但我真高兴能再见到艾莲娜。我看着她自从和维克多去了圣乔治波斯疗养院后日渐枯萎。当初并非她自愿选择了担任丈夫维克多的医务助理工作，这份"圣职"不仅不公开，没有保障，而且在劳动领域中不为人所知。如今又因为维克多的病过早地被迫退休了。她很想再拾起画笔，这曾是她二十岁时的理想，可如今变得更像是老太太的消遣娱乐。维克多并未因此而不快，反而十分亲切地鼓励她。这并非好事。因为他现在惟一能帮的忙，大概只能是为了她来一次梗塞。幸好他的预防工作做得还不错。可我至少能让她发笑。必须自己也有个姐妹才能理解这些疯狂的大笑。这个从童年开始沾染的习惯，慢慢发展，最后往往脱离于理智之外。一旦我俩心领神会，总因为无法解释的缘由，任凭两位惊呆的丈夫看着两位的女士憋红着脸，含着眼泪，如龙卷风般笑颤着，似乎永远也无法停止。只要看彼此一眼又重新爆发，最后终于结束了，惬意而疲惫，就像刚跑完一趟马拉松。

我同样很高兴，能再回到凯尔特鲁克，住在玛丽侬的小乡间茅舍里，把脚浸在水中，看着海浪轻抚花园的矮墙边。这就是我一直梦想拥有的一小块属于自己的布列塔尼领地。那间马房，过去是养猪的地方，玛丽侬和莫里斯把它重新改建，让我们两人在淡季时节能来这儿常住，呼吸海藻的碘盐味。

我之所以从前不曾有过买下布列塔尼任何一小亩地的意识，是因为我的童年和青年时代，大概是 1915 至 1940 年间——正是"让娜阿姨"的年代，当时祖父母拥有家族地产权并遵循着家庭伦理美德。他们自然而固定地每年召集儿孙辈，在那和煦的时节里，来此度过长达三个月的各个大小假期。

那个年代，还没有人会考虑杰尔巴岛，科孚岛或教育俱乐部。假期，意味着每年回到同一个地方，重逢同一群朋友，一起在祖父母亲的责备下成长。脖子围着黑饰带的祖母从来不去海边，阴沉易怒的祖父让人不敢亲昵地称之为爷爷。

我们和表亲孩子们玩耍，也和关系持久的叔父阿姨们（战前离婚是很罕见的）一起玩传统的游戏：槌球，爆竹或滚球；一起到两旁植着整齐的黄杨木的林荫道上，看阔绰的家庭打网球。他们在公园里拥有一个球场，小孩们晚上下雨时就会在那儿打滚玩儿。

海滩上，每个家庭都有自己的洗浴小木屋，清一色的灰。那是少年们期待第一次深吻的秘密基地，却常以反胃与失望告终；那儿也是少女们更换衣服的庇护所，她们恐惧地观察自己出现的第一根毛，或者乳头上突起的小圆点——都必须在男孩面前掩饰，像患了鼠疫一般。

1940 年的战败和敌军长期的占领，严禁人们靠近海岸，于是这些洗浴木屋、阔气的别墅全都不复存在了。随之消失的还有为祖籍罗斯托普钦的瑟居伯爵夫人③提供创作灵感的那些原型：虔诚的祖母，"好孩子"和"模范小女生"们。如今，妇女们都工作了，甚至祖母们也一样，家庭于是像掷落在地的一袋弹珠般溃散开来。正是如此，艾莲娜和我的孩子只会偶尔在圣诞节时碰面。我不喜欢维克多，反之亦然。他也不太欣赏安德烈和萨维尔，指责他们没有一份"真正的职业"。而他的两个儿子，确实在搞他们的法律。他喜欢山峰和攀岩，我们喜欢大海和开船。至于艾莲娜，很难想象当我们向她征求意见时会选择什么……但我们俩都很怀念在孔卡诺度过的童年时光，甚至一起愉快地前去寻找"我们的"狄布卡雷别墅（Ty Bugalé）——如今已被重建变成一家旅馆，当年的别墅花园被改建成带三角露台的六层楼房。我们还认出了海滩上的每一块礁石。当时这儿只对别墅的户主开放，而禁止附近沙丁鱼工厂里穿木鞋的渔妇进入，所以被称为"太太们的沙滩"。我曾在这儿的潮水中捞到过海马，那是二十年代的事了，我小时候梦想着能和黛罗尔祖父一样成为动物学家。可他却只意识到我是个女孩，于是和人们一起给我建议一些更女性化的学科，比如文学或者艺术史……

如果天晴，我们第一天就可以去海边。如果天阴得像糙石巨柱般灰暗，我们就去看卡尔纳克的史前巨石阵！似乎文化部长让－雅克·阿亚贡曾有过叫停"风景区现代化"的想法。这项工程预计要把巨石建筑围起来，防止游客的毛手毛脚，并把他们引向一条必经的商业街。街上商店林立，到处都有打扮成德鲁伊特教④祭司的导游，向每年成千上万慕名而来的游客们解释……三千年前这些巨石是怎样被立起来的，其实这根本无法解释。一个专家考察团已经为这个新的"文化空间"找到一个名称："巨石乐园！你好，神秘的凯尔特！"由此甚至可以想象，将由华特·迪斯尼亲自构思设计这个游乐园，在六百根巨石柱丛中摆放一些米老鼠，这样孩子们不至于太想家……

幸好这个计划花费过高而不得不搁置了。

第一天，天气好极了，于是实施第一方案：去海边。

海滩的魔力在于每次前往都能感受永恒的味道。沙滩上，在海浪轻柔的"咻咻"声中，感官似乎都退化了，回到最原始的状态，重新连承了那些离开苦涩海水来到坚实地面上生活的最初的祖先。孕育了众多神话传说的菲尼斯泰尔⑤到处都有类似的海滩。为了我们的第一天，我选了一片荒凉得名副其实的小海湾。只有一些棕色海带在烈日下闪着光，期待下一道海浪的轻抚。沙子，原本无色，但在礁石的坑洞中和悬崖顶上却看似金色。欧石楠和矮荆豆给大地铺上一条黄紫相间的地毯。"我们就在兰毕伍艾（Lann Bihoué）机场附近，在布列塔尼语中就是'荆豆大地'的意思。"我们解释着，小心翼翼地教育我们的后代子嗣。

一来到这片开阔的海滩，我们立刻安营扎寨，放好装饰着橙色海豹图案而且绿得骇人的塑料桶和配套的喷水壶，螃蟹形状的模子和同一套沙滩玩具里从来都用不上的耙子，还有一些小铲和沙滩乒乒球。

在一块尖凸的石头上，挂着换洗的泳衣、浴衣和毛衣（因为一件羊毛衣在布列塔尼是必不可少的），阴影处放着香蕉，蓬阿旺的塔乌马德（Traou Mad）黄油酥饼（在布列塔尼语中就是"好东西"的意思，我们又解释着，小心翼翼地开展幼儿教育，回答诸如此类的无数问题……）。"我们该拿什么堵上他们的嘴？"艾莲娜叹气说道。她说得对，不如给他们每人一小袋草莓果肉饮料吧。

终于，给小天使们的肩膀都涂好高效防晒霜后，我们俩互相涂抹神奇的查尔黛油⑥，让皮肤像贝壳珍珠层般散发着虹光。随后，我们摊开各色让人期待却愚蠢无比的杂志，看完后禁止自己下半年再买。孩子们在一旁玩沙子。这真像天堂。佐艾坚持要穿她那件艳粉色的两件式比基尼，"因为有男孩在场"。她那泛着铜红色的长发像塔希提妇女那样搭落在弯曲的小小身体上。瓦伦丁的发型梳得和他的偶像莱昂纳多·迪卡普里奥一样——在我眼里更像个外星人，但我绝不会对他这么说。

然而，沙子游戏的魅力很快便枯竭了。抛沙子学习万有引力更好玩，朝空中抛撒，也自然朝着我们。第三批沙子过后，我们从阅读中惊起，发现身上泥迹斑斑，从头发到脚趾，泥沙和查尔黛油全黏在一块，把我们的皮肤变成砂纸一般。赶快，用浴巾擦。艾莲娜送我的奥里维艾尔·德斯佛（Olivier Desforges）牌蓝贝壳图案的白浴巾立刻沾上从此再也去不掉的污迹。但别无它法，我们这样的年纪绝不能到海里去拭洗：水温只有15℃！

"走远点儿，地方空着呢，干吗老黏在我们身旁？"我们大喊起来，这是不可避免的变奏曲，代替了"你们上哪儿去啦？别离开我们太远了，大海很危险，我们必须时刻了解你们在何处。"

一个小时后，终于厌烦了阿兰·德龙和米歇尔·萨尔杜的艳史或者电视二台女播音员的湿疹烦恼，我们又一次决定不能再纵容自己被这些媒体的戏剧性标题所欺骗，但每次都是酒鬼的誓言。现在有一项任务等着我们：到水边走走。没错，那会让我们显得老态，但海滩上只有我们，而且这对淋巴循环和磨平鸡眼很有好处，条件是必须收腹、抬头、挺直脊柱，还能代替枯燥的体形矫正疗程。因为什么都得矫正，但如果真的这么想，我们就成了完美宇宙的侮辱，也不再会有另一个像我这般的七旬老妪，如维纳斯般行走在浪花上。我温柔地看着，那两个像淋了雨一般美丽的小精灵。

再看看海滩，已然变成了吉卜赛人的营地：一只短袜浸在水坑中，另一只早已被海水卷走。海浪上漂着一把小铲子，佐艾和瓦伦丁正为了另一把而争吵。他们都不容置疑地认定剩下的这一把是自己的，正因为我们当初为了避免此类争夺而给他们买了同样的玩具！他们都很乖地穿上了毛衣，却整个人泡在水里。现在又为第二根香蕉吵架，因为剥好皮的第一根掉进沙子里了。他们刺耳的叫声甚至比海鸥或分娩的雌鼠还可怕，简直能掀起大西洋的海啸。我们赶紧施行海滩方案之三：搭建沙堡。哪个孩子不希望自己能对抗海浪？凭一把小矮人的铲子，我们能建的充其量只是个鼹鼠的小土丘，在第三道小海浪过后便稀释开了。

"爸爸建的城堡很牢固，四周有塔楼和堑壕，还有一架吊桥，能摔死魔兽兵。"

"明天我们买一把真正的铁铲，你们瞧好了：大海就等着好好防御吧！"

幻境进一步破灭了：一伙比我们装备更齐全的入侵者突然闯入悬崖下的海滩。他们有一条活蹦乱跳的大狼狗、一位行动不便的老奶奶、躺椅、遮阳伞和躺在绢纱吊篮里的新生宝宝。年轻父亲们不耐烦地陪孩子玩着沙滩足球，最糟糕的是，如出一辙的妈妈们在这片荒芜的海湾上安置橙色海豚图案的绿桶、贝壳形状的模子、浴衣、蓬阿旺的黄油酥饼和神奇的铲子——那些可都是真的铁铲！

我们没在意，决定回家。虽然他们尖叫反抗，但我们的理由是天上开始布满阴云了，而且还得去买鱼做晚餐。我们不该每回都给两个理由：因为没一个好的，而且勘察地形出现了战略性错误：鱼市就在"孩子天堂"的商店边上！经过危险地域时，我们力图分散小天使们的注意力，但他们背上都长着眼睛，真不愧是天使啊！我们只能拨开珠帘勇敢地走进去……后退前已经吓坏了：给男孩的都是战争装备，模仿得如此逼真以至于我们不禁想要举起双手无条件地投降！给女孩的不是荡妇的行头就是家庭女仆的，都是给超人或者超级婊子的！

佐艾停在美发沙龙前，迷上了烫发卷，迷你吹风机和倒不出香波的小瓶洗发水。随后又倾向另一种女性情结：在一个小炉灶前滞留。烤炉敞开着，电热炉能真的发热，这样一来就能在上面弄她的小饭菜，还能溶化焦糖。于是，这些主意在孩子们——这些灾难肇事者——的脑中挥之不去了。我们诅咒那些邪恶的制造商，调头朝向迷你电脑。很贵，尽管如此，还算是有教益的。瓦伦丁冷笑说："我就想要这台爸爸的电脑，否则什么都不要！"佐艾又在垂涎一只美国小马驹，穿着长拖裙，眨着犹如埃及舞女般长卷的睫毛，远比手工制造的玩具更闪耀动人。而我和艾莲娜却在那些美好的传统玩具前驻足："瞧！我们过去也有一个空竹，就像这个，你记得吗？还有一辆木制的四轮小货车和拖车……"我们童年的玩具娃娃只穿着编织睡衣，根本得不到孩子们留意的一瞥，他们只会盯着那些噩梦产品——披金挂红，带着愚蠢的笑容，金属光泽的头发下全是白痴女人的脸。

"你待会儿想买这个吗？"艾莲娜问佐艾。

小女孩绽放出欣喜的笑容。

很显然：美国佬所拥有的商业头脑，其敏锐与无耻的程度并驾齐驱，加上麻省理工的高手为他们所做的市场研究，更是如虎添翼。他们善于猜测（或者根本就是他们促成的？）孩子们浮华而庸俗的品味，以及对最令人懊恼的两性差异模式的忠诚。总之，他们制造了这些价格低廉且没有丝毫美学意义的真正恐怖的产物，让我们的小天使们一眼就迷上，喊着闹着想要。就算经过多长时间的讨价还价，无论多么坚定的父母最终都只会是一副殉难者的面孔，孩子们总能如愿以偿。

奇妙的日本风筝只有我们俩感兴趣；"乐高积木能培养创造力"；但我们出门时，最终还是买了那只浅金色鬃毛的淡紫色小马驹（相当贵），还有佐罗的第 N 套行头。

"跟我说说你拿这动物干什么用呢？"艾莲娜问她的小孙女。

"玩啊。"她断然回答。

我们走出商店时，两位漂亮的年轻妈妈，操着南部口音，梳着马尾辫，穿着超级迷你短裙，带着四个十来岁的孩子走了进去。当中的小女孩打扮得简直是个会行走的性器：黑色的短裙裹着翘臀，黑色的花纹丝袜，软拖鞋，网状毛衣从肩膀的一边耷拉着。简直是个雏妓，或是所谓的初涉歧途的青少年。这个可怜的小芭比娃娃被安排了将来有一天在朱尔咖啡馆⑦里让人强暴的角色。她们的母亲究竟在想什么，把亲生女儿推入火坑吗？这种女性自我献祭的倾向究竟从何而来？在佐艾身上我已然看到了这样的端倪。而瓦伦丁，如今俨然已是一位捕食者，将来非整夜追逐着他的小宝贝们不可？

"又来了？烦死人啦，你觉得这样很好玩吗！"

佐艾一副筋疲力尽的样子，而瓦伦丁则加倍地挑衅。总之，还是那句老话："如果你不爱我，那么我爱你。"可怜的西蒙娜·德·波伏娃和渺小的爱丽丝·塔强！

"艾莲娜，佐艾在六个月大的时候应该很正常吧，不是吗？"

艾莲娜拒绝回答，但我喜欢逗恼她。"瓦伦丁一岁时也很正常。可接下来他们会遇到什么？是社会制造了这些自负的男人和愚蠢的女人吗？"

"让我安静一会儿，爱丽丝。你看，这条海鲂一只眼睛是空的，不是吗？我们最好买这条比目鱼。孩子的成长可没有停歇的时刻。"

"我们都是共犯，把一个男孩的蛮横傲慢当成男子气概的表现，把一个女孩的矫揉造作作为一个真正女人也就是诱惑者的标志！"

"而你是个真正的烦人鬼，我亲爱的姐姐。走吧，我买这条比目鱼和布罗卡斯泰尔的草莓。今天是我买菜的日子，但我发现每天都是你上课的日子……而且你的课，我早就谙熟于心了，我可警告你……"

归根结底，我不知道究竟是什么让我最为恼怒：小暴君还是小妓女？爱丽丝寻思着。但那些老暴君更糟糕！关于这点，她是不打算说的，因为艾莲娜势必会联想到维克多。因为她无法更换这个暴君，况且一个帕金森病人会活很久，还能有什么指望呢？

☞ **注释**

①米努·德鲁埃（Minou Drouet，1947—　），法国当代女诗人。小时候就成名出书的她在 20 世纪 50—60 年代挑起笔战捍卫自己的作品，反驳有些评论说她的一些诗作出于其养母笔下。因此成为让·考克多（Jean Cocteau）一句名言的靶子："所有的孩子都有天赋，除了米努·德鲁埃。"

②查理·佩罗（Charrles Perrault，1628—1703），法国作家和文学理论家，法兰西学院院士。1697 年在巴黎出版了《鹅妈妈的故事或寓有道德教训的往日故事》，收录并改写补充了取材于法国和欧洲的民间传说的 8 篇童话和 3 篇童话诗。其中包括《小红帽》、《灰姑娘》、《蓝胡子》、《小拇指》等著名的童话故事。

③瑟居伯爵夫人（Comtesse de Ségur，1799—1874），俄裔法国童话女作家，著有《驴子回忆录》（1860）。

④德鲁伊特教（Druidisme），凯尔特人信奉的古老宗教。

⑤菲尼斯泰尔（Finistère），法国布列塔尼大区的省份。

⑥查尔黛油（huil de Chaldée），防晒油，1927 年法国化妆品制造商让·巴杜（Jean Patou）为前往海边度假的时装名媛香奈尔制造世界上第一瓶防晒护肤品，并以传说中古巴比伦的一位金色皮肤美女的名字命名。

⑦《朱尔咖啡馆》（Le café des Jules，1988），法国电影，由 Paul Vecchiali 执导。

12 最初的人类

只要他们活着，我们俩永远只是"孩子"，萨维尔和我。最初的人类就是父母，他们替我们掩盖了虚无的深渊；让我们平稳地走着，没有任何眩晕慌乱，就好像他们仍握着我们的手。可现在，爸爸去世了。突然间，妈妈似乎又变回小女孩。她不再代表一对夫妇，甚至夫妇的一方都不是；安德烈消失后，一对夫妇也就此完全死去。只剩爱丽丝，搁浅在一块礁石上，孤独得像一只冬天里的海鸥。

很庆幸，萨维尔能够及时地回家，因为安德烈走得很安详缓慢，就像一株大树被死神砍了一半，随着纤维一根根地疏离而慢慢倒下。他认出了萨维尔，目光中饱含着对儿子的到来备感欣慰的胜利。对于父母，儿子是他们惟一的真正后代和继承人，只有男性能够拯救他们的姓氏。多少世纪多少文明冠之以正统，防止女儿们夺走这个皇冠，无论她们的爱有多么的深挚，也无论她们享有多少优先权。我很想欺骗自己，但在儿子面前，安德烈的目光和爱丽丝的自豪有些刺痛了我的心。

在一个家庭里，死亡拨乱了所有的命运线。就像地球震动后所有景色渐渐地更改，每人都在重新找回平衡。在这个过程中，我发现了弱者的重要性，但这并非那些无病呻吟想获得同情的人。他们会在别人脆弱时显示自己的作用。一对夫妇衰老时，对于他们的余生，弱者与强者同样不可或缺。

萨维尔和我很少有机会作为成年人在一起生活。童年的亲密无间自动地在我们之间一触而发，忧愁也因此减缓了。在父亲遗体前，我们俩像孩子般在彼此的怀里痛哭。为了填补失去亲人的空虚感，我向他讲述了我的生活、爱丽丝的生活，以及所有被分隔我们彼此的四千公里抹去的一切。

"十几年前我并不看好你们夫妻俩。"我的兄长承认道，"莫里斯有着流浪的天性，每天在一起并不是件容易的事……"

"的确如此，但同时他总会不断地给我惊喜，用他的幽默，他的宽容，总而言之是他接受他人的方式。他有时会让我恐惧但我从未看到他有过一丝卑鄙狭隘的思想。长久以来，我们一起生活，最宝贵的莫过于相互尊重。"

"你也不是个很好应付的人。你只走自己的路其余的全然不顾。我很了解。"

"没错。但我和莫里斯分享了多少美好的时刻啊。拥有一个共同的爱好，这是关键。在船上，我们组成一个'团队'，正如他常说的那样。我们分享同样的激情,在浪花飞沫中相拥,奇迹般又变回年轻的情侣。可一到了陆地上,我们的烦恼又回来了。但我无所谓。"

"我欣赏你的地方,在于你能同时是个水手、花匠、厨师、历史学家……多少女权主义者把作为家庭天使的天性扼杀在心里,就像弗吉尼亚·伍尔夫所建议的那样,却没拿别的什么去代替这个空缺!是你们让我和女权主义和解了,爱丽丝和你!"

"为什么?你曾经也是个反对分子?又是个老观念,我可怜的萨维尔。我认识很多正常的女性并不见得比女权主义者更讨人喜欢,而且厨艺差极了!"

"说到这个,我做梦都想饱餐一顿你做的烤龙虾,玛丽侬。尤其浇上了揉拌着很多欧芹、胡椒和一杯茴香酒的黄油,我猜想……我将有一段动人的回忆!"

萨维尔也同样希望在回大西洋南部之前去看看凯尔德瑞克和孔卡诺,在那儿,小时候的他感染脏水里的病毒差点丢了命。我们也想带上爱丽丝,但她回绝了邀请。她想去戛纳到艾莲娜的身边寻找安慰。在兄弟姐妹身旁(如果有幸拥有的话),最能忘却丧失父母或伴侣之痛。他们是惟一拥有相同家庭记忆片断的人。而父母真正的死亡,是在他们的孩子也消失的那一天才会最终生效。于是有关逝者的记忆永远地被销毁了。他们只会模糊地存活在孙辈们的回忆中,而且仅仅只有老时的样子。

她对我们的爱如此强烈,对萨维尔和我;如此长期地把所有的精力完全投入到战斗中,把生活与之混淆了;可如今爱丽丝却任由自己陷入失去安德烈的空虚里。"桅杆曲折了。"莫里斯对我说。我了解这个非同寻常而感人的航海术语。之所以感人，是因为它把灵魂赋予了事物：那些船身、帆杆和船上的所有零件，昂着头挺过暴风雨的袭击之后，却开始让步，开始"曲折"。

他们是自觉地与我们保持距离吗？我们难道没有一点责任吗？我们拥有傲慢的健康从而不曾计较人类力量的极限？我和莫里斯虽然嘴上不说，但惊惶地发觉了我们和他们已经不在同一个星球上生活。我们翻越一道界线去拜访他们，离开时，就像柏林墙倒塌前逃离东德的人们那样，油生一种舒长的解脱感。呼！我们来到好的这一边，突然间天空也似乎更蓝了。

爸爸最后几天不再挣扎了。他睁开双眼但其中不再影现任何人。爱丽丝，她看着我们就像一个溺水的人眼看着救生圈消失一般绝望，但她总是对着我们勇敢地微笑。

幸运的是，这些年来，她在凯尔德鲁克扎了根，如此一来，她既住在自己家里同时又在我们身边。更妙的是，她和莫里斯保持着一种近似于爱慕的情感。这是他常在女人身上所激起的关系，十分拿手，而且没有任何年龄、社会地位或者美貌的限制。他从未用对岳母的那种装腔作势的尊敬去对待爱丽丝，却仅仅把她当做一个女人，一个思想和性格都能取悦他的女人。这让她极为赞赏。相反，我希望她别在离开我们的两周时间里太为难维克多，他病得已经够惨的了。

莫里斯想前来与我们会合，萨维尔和我下个星期将在蓬阿旺的霍斯玛德克（Rosmadec）磨坊餐馆庆祝我的生日。我们的父母亲年轻时曾在此庆祝。这也是一个纪念他们的方式。庆典一定要严守精确的仪式，否则会丧失一切意义。在这个旧磨坊里，美丽的旧家具摆放在四周，我们靠在冬天永远烧着柴火的大壁炉旁，在吉鲁、艾美尔·康巴尔和马杜汉·梅尔①的作品下，点了同样的传统晚餐。

"今年生日你送自己什么礼物？"莫里斯问道，"一株双扇叶银杏树，以保持你的风格？"

"我可没疯到要在一个三公亩八十毫米大的花园里，种上一些五年就会长成五米宽的树木。不过你会吓坏的，莫里斯，我要送自己一个你一点儿也不喜欢的礼物，而且我斗胆跟你坦白：是拉皮整容手术！我上年纪了，你不认为吗？你有什么看法吗？"

"坏想法，你很了解。"

"真有趣，丈夫们总会反对！大多数人都觉得他们的妻子'这样挺好'。"

"也许是因为他们心里都很清楚，拉皮手术并非仅仅为了取悦他们。"萨维尔恶毒地提议。

"没错。拉皮手术通常是为了艳遇，为了一个严格的情人，但首先，这是违背自然的。违背了自己的年龄。无论怎样也不该如此！"

"你们谁都不准跟任何人提起。我不想告诉妈妈。女儿们，晚点再说。尤其不能跟我的孙女们说。年轻人喜欢一个秩序井然的世界：老人就得都是白发苍苍，而七旬老朽不能再寻花问柳。他们没经你同意就把你埋了，觉得一位祖母拒绝扮演奶奶的角色是不道德的，因为在他们脑里早已友善地把她判了死缓，在此期间剥夺了她行乐的权利。如果她还在寻找快乐，他们就会判其为败坏风尚……"

"对于我，这并不是个道德评判，你很清楚。但我不知道你为什么要做。以你这个年龄的标准，你依然很美，所有人都这么说。"

"你说出了致命的那句话，莫里斯：'我这个年龄！'我只想看起来很美。不是吗，紧实的颈部代替了皱旧的粗麻布！"

"的确，像现在这样的柔光照明下，你确实是'看起来很美'，玛丽侬。"萨维尔接过话说。

"同意，但我不能总在昏暗中生活啊！而且在我这个年龄，还有机会真正地重现青春……提拉之后，就能改头换面。当然这不可能归还你的青春。事实上得到的将是另一个……"

"我愿意支持你，亲爱的妹妹，我从来没跟人说过，一两年前我把眼袋去掉了。过多的海底捕猎，过多疯狂的加勒比夜晚，过多的潜水和憋气……我的模样逐渐显得像个老浪子、老帅哥、海滩老色鬼……全是我厌恶的称呼。在委内瑞拉有不少优秀的整形医师……然后就这样！"

"就这样，难怪我觉得你这么帅！"玛丽侬说，"你两鬓的白发更显衬你古铜色的皮肤；我觉得你的魅力无法抗拒。但我不明白你为何一直逃避伴侣生活！"

"我的确受了很多罪，我不得不说……但我很幸运生活在水上而且从未过久地抛锚靠岸。总之，我一生都在逃避。选择以大海为家，这本身就已经是个逃亡，不是吗？"

"给自己做个拉皮整容手术，这是否也是一次逃亡？"玛丽侬试问。

"正好相反，我的小羊羔。这是拒绝让自己像片落叶般飘走。如果你脸正中长了颗疣子，那就拔了它；如果你的门牙脱落了，那就植上假的；所以，为什么你要保存你的鱼尾纹和让你显得凶恶的抬头纹，或者让你看起来像只老狗的双颊？"

我们暂时中断交谈，品尝这个季节里肥美、肉质细腻而满溢着大西洋气息的贝隆牡蛎。在桌上，根据老式的布列塔尼餐厅的传统，居中供放着一块表面雕刻着奶牛图案的深黄色黄油，而非那种寒酸地用锡纸包着的无色无味的油脂方块。我们举杯，为纪念安德烈，也为活着的人们，尤其为被迫重建生活的爱丽丝的健康而干杯。这只是酒渣酿制的慕丝卡特②，算不上最好的白葡萄酒，但它一如既往地见证了我们所有的纪念日，所以无人在乎它的品质。

"我们为何不试试海水浴疗，俩人一起去？"莫里斯并未丧失劝阻我的希望。

"泡上几小时的海带草药汤吗？然后像个卧床病人一样穿着浴衣在营养餐厅里溜达？你知道我会闷死的。我已经有过一次体验了，和你在依泉的时候，记得吗？你当时忙于节日的策划工作，我则被友好地邀请去泡泉——在一锅新鲜的海带糊里。新鲜的海带，在依泉，你能想象吗！不，我更情愿挨手术刀，立竿见影。"

"可是海水浴疗花费更少……"

"没错。可是除了圣马洛温泉酒店的两日住宿，加上旅费，按摩的精油——无论是基础油或者别的，还有治疗医师，这些支出足以支付一次拉皮整容手术的费用了！况且哪一种能更明显地持久？海水浴疗之后能有什么效果呢？一个月的好气色？整容手术却能维持五至十年。"

"此外，一次手术可以抚平灵魂，"萨维尔说，"我有所了解。"

"但你是否能为身边的人着想？我会一瞬间比你老十岁！而且

本来就比你大了五岁，对我来说这是个打击……"

"那你呢？你从未想过每回我和你出去，遇到那些老朋友骄傲地介绍他们的新女友时（况且这些女孩看起来就像我的女儿一般大），这时的我会老上二十岁！她们会想：可怜的莫里斯，和他妈妈一起出来玩！"

"这早就不新鲜了。老监护人娶自己的养女当老婆，这种事早在莫里哀的时代就有了。"

"没错，当时人们会嘲笑他们。可如今，换成他们在炫耀，同辈的男人被反衬得像可怜虫一样。总之，萨维尔……你现在六十三岁，可你的情人里有一个六十岁的吗？或者五十岁？我见过最老的也就三十来岁吧，不是吗？"

"我从来不以年龄选择她们，但未成年的小女孩我是没想过的。至于六十多岁，坦白说……"

"小心点，萨维尔，就算你还想继续扮演永远的年轻人，可你的小妹妹今天晚上已经满六十岁了！"

"可是，莫里斯，我们所有的朋友都在扮演永远的年轻人，看看我们周围：基本上已经没人和最初的伴侣在一起了，例如 L 兄弟俩，S. S. 兄弟俩，D. 兄弟俩，米歇尔·B·和伊弗·S.，还有米歇尔·C.，我就不必再跟你列举演员或者导演们了，还有那些医生、政客、作家……这是个严重的传染性现象！相当令人恐慌，不是吗？"

"你觉得我是属于罕见的鸟类吗？可我很快就能享有一个根本没必要改变的崭新女人！"

"这是笔好买卖，我的小羊羔，我向你保证！"

"至少，能否允许我在手术后陪伴你。我好歹能帮上一些忙。"

"我更情愿你第二天别来看我……浮肿、胀起的眼皮、淤血、创口缝针、结痂的头皮……太恐怖了，这么一个'怪怪人'。萨维尔记得吗，你小时候老说'怪怪人'。我会真的觉得有些羞辱，就好像玩牌作弊的感觉。我想崭新地出现在你面前，经过……'圣灵的杰作'以后。"

"顺便问你什么时候动手术？"

"我还没被告知确切的手术日期。我只是上个星期去见了整形医师：在他的等候室里有个年轻的阿尔及利亚女人认出了我。她读过我关于歧视女性的书，但在她的国家里由于一个令人绝望的理由变成了一本禁书：女性的权利！她很高兴见到我，而我为她向一个整形医生求助而感到惊讶。'不，我是为了结婚。'她笑着回答，'去年我和一个阿尔及利亚人订了婚，可我犯了错，在婚礼一个月前把自己给了将来的丈夫。赌博的结果：他把我甩了，就在婚前检查时以不是处女的理由！'今年，又一次订婚。一个阿尔及利亚医生向她求婚，但恐慌来了，那儿已经破裂了！因为这并不是把孔缝上就好，而是要在上面覆上一小瓣皮膜，这必须从另一边的皮肤上预先抽取。于是她赶到巴黎让自己'变回处女'，十分紧急，八天后就要举行婚礼！'你好新婚之夜，'她说道，'到那时候就别指望有麻醉药可用了。'

"'我送给您那片皮膜吧，这些天他们正打算从我这儿刮掉好多呢。'我是这么建议她的……"

"一个等候室里的世界性交谈，"莫里斯感叹说，"多美的一幕啊，如果能在剧院上演的话！和雅丝弥娜·荷萨③的《葬礼后的交谈》如出一辙。"

"我真想和你们一起去看戏剧，"萨维尔说道，"在那儿我最怀念的就是这个。"

"你为什么不回法国过几个月呢？现在妈妈家里有的是地方。你也能帮她渡过这个难关，而且还能跟艾美丽和塞尔琳娜更亲近些。塞尔琳娜现在在学人种学，她会对你的看法很感兴趣的。况且这对你有益：日复一日在动荡的空间上生活，总有一天你会发觉你哪儿也不在。大海很迷人，但终究不是故土，我是这么想的。"

"问题是我的船，说真的。我不能把它随意放在一个没有可靠监护的港口里。"

"你为什么不把船放到一家船坞里过冬？还能让它焕然一新。我在法兰西堡有些朋友，如果你感兴趣的话。然后我们去马提尼克岛和你会合，一起监工。我和我年轻的新女人一起……你说呢，玛丽侬？"

我们离开餐馆，在这一个布列塔尼特有的温和之夜（冬天也不例外）。二月的金合欢花已经在阿旺河两岸绽放开来，巨大的岩石在满月下幽幽闪着光。我们三人一同踏上沿河的萨维尔·卡尔大道。我的两个"怪怪人"分别搭着我的肩膀，莫里斯每回有些醉意时都会显得特别温柔。我为安德烈而落泪：我年轻时所依靠的那道高大的墙就这样随他走了。其中混合着为贝利昂而掉的眼泪，因为自从蓓姬病危后我已经好几个月没再见他了。我的贝利昂，我只能深情地在塞尔琳娜暗红色的卷发中寻回你的味道。幸好，眼泪是无色的。在两个男人中间，的确是个哭泣的好去处……但这是另外两个男人。

☞**注释**

①三位都是法国著名的风景画家。

②慕丝卡特（Muscadet），法国南特（Nantes）出产的麝香葡萄酒。

③雅丝弥娜·荷萨（Yasmina Reza，1959—　），法国女作家、演员，有四分之一的伊朗血统。

13 黑暗的教程

当你收到这封信时，这颗被你占据的心早已停止跳动。

我的存在只为了坚持一个梦想：为你牺牲我生命的每一个时刻。这只能是个梦想，是我的不幸。感谢你让我一直爱你并且在你生命中为我保留了一个位置。感谢你让我继续活着，继续期盼我们的重逢和你的来信，这让我憧憬和质疑我们最终团聚那一天的到来。

如果死后还有另一次生命，能让我和你一起生活……可我已死过无数次，在每次离开你的时候。所以最终的死亡并不能让我恐惧。我把这封信托付给安德鲁：我的幸福飞行生涯时期的同事。我希望他能亲手把信交给你：你就会在读信前明白一切。

我还有那么多话要对你说。但我把话语交给这位你母亲最爱的诗人。请你替我向爱丽丝道别，这是我发自内心的，也知道这是我欠她的。我忘了这个诗人的名字，只记得他在二十岁就英年早逝，身后出版了惟一的诗集，题名为：《黑暗的教程》①。我抄下这首诗，你瞧，因为当年就知道它有一天能表达我的所想。

> 当时光有了血肉之躯
>
> 当我那遗失在恍惚风中的手势
>
> 唤起它们的鬼魂
>
> 当我那稀疏的生命自行地消逝
>
> 头也不回
>
> 那支离破碎的秋季
>
> 不曾拥有夏日
>
> 而你徒劳的泪，喔我的爱人
>
> 毫无涌现源泉的光明命运
>
> 一切无尽无由
>
> 且无望
>
> 我感到如船一般泯没的
>
> 永恒

我们曾一起念过这首《黑暗的教程》，很多很多年前，就在维泽雷②——是你带我去的。我总回想起我们那个小阁楼房间，面朝着一座罗曼式的老教堂。

要知道，于你之前离开人世让我备感宽慰。我的挚爱，没有你，我无法苟活。我向那些因我对你毫无保留且毫不知耻的爱而受伤害的人们致歉。有些感情是不容我们选择的。

最重要的是，请相信我和你在一起很幸福，玛丽侬，感谢你所带给我的每个时刻。Tâno chroi istigh ionat。

愿主赐福于你。

贝利昂
2002 年 1 月

安德鲁在巴黎把这封信交给了我。这与最后一次在门厅小桌上读贝利昂还在世时所写的信相比，不至于太难过。他死于前列腺癌并且生前拒绝了治疗，因为不能忍受那一系列可怕的临床疗程，他更情愿在蓓姬身旁看着她慢慢熄灭生命之火。他兴许也因为惧怕变成不再是我所认识的那个男人、已成功地保留在我们生活里的那个男人。虽然在所有的概念中，属于我们的共同生活是如此微不足道。

我不知该如何跟莫里斯说起这件事，担心自己在他面前啜泣而让他陷入两难的境地。我假托凯尔德瑞克那边的房子装修工程需要我离开几天。因为每当我遭遇痛苦，会本能地逃回我的布列塔尼花园里。跪在每株灌木前松土，俯身于春黄菊（又名俾斯麦小太阳花）之上——这些花儿都有一种侵并邻域的倾向，大概是因为以这个曾掠走阿尔萨斯—洛林地区的普鲁士人姓氏为名的缘故，我在地上挖坑，预备着植上一棵珠穆朗玛苹果树，那是刚从贝隆的苗圃里买回来的。还要除掉部分蜀葵的根茎，因为它们夏天已经爬到了房顶，在我那五株杜鹃和茶花上投下金褐色的阴影。可我如何才能想些别的事情，而非那虽已死去却不能忘怀的生命？

> 当一切对于你都改变时
> 天地依旧
> 太阳照常升起

这正是拉马丁③所向往的。而你在十五岁时就把他奉为伟大的诗人，我可怜的玛丽侬！你曾以为可以减轻贝利昂不在的痛苦，而自欺欺人地想，只要他需要你，任何时刻都能去找他。如今你终于明白究竟是什么不在了……正如一位凯尔特诗人所言：

> 我的朋友，特里斯坦
> 您为我的爱而亡
> 而我，朋友，将温柔地死去
> 因为我不能求助于时光
> 也不能强索于命运
> 来治愈我们的痛苦。
> 如果我能唤回时光
> 我会赋予您生命
> 轻柔地向您诉说
> 我们之间的爱情④

我的眼泪滴落在刚埋进地里的鳞茎之上，梦幻中我蓦然看到绿色的茎苗一瞬间破土而出变成参天大树，就像在传奇故事里那般。

但超现实的时间很快结束了。我心爱的男人把爱尔兰带入墓中——我不会再去那儿了，把他的情人也带去陪葬——而我也不再是当时的那位女子。

不能再带着颤音说我爱你，我该怎样活下去？从此再也没有一个男人唤我为"my breath and my life"（我的空气和我的生命）？

我近来问过莫里斯，问他为什么在一生中有必要追求如此众多的各色女子。"为了让我觉得自己是被爱着的。"他回答我。这是否是一种指责我的方式，抱怨我没有珍爱他，单独地，就爱他一人？也许吧。但的确，对他而言，被爱是最重要的。在这点上，我总感到他的陌生。因为对于我，去爱才是奇迹。我并不想说是幸福，绝对不是。因为关于幸福，人们总能应付。但奇迹，却无法操控。它从天而降，没有预告，无论太早，太迟或者正巧，我们都必须随其所动，否则不会再有这样的体验，也会失去命中注定的必然。

这些悔恨，这些遗憾和这些闪回的记忆，随着一个如此宝贵的人的消失而溢出，让我时时刻刻反刍着。我的双手白天放在泥土里，而夜里则放在炉火的一角上。一把火，就是某个人的生命。在一台取暖器甚至是我童年时代镶嵌着云母的郭丹⑤炉旁，人们坐下来是不会有所思考的。只有在壁炉中木柴所燃起的火，才是一段真正的时间流程：噼啪地响着、亮着，然后坍塌，红光隐约着也熄灭了。我注视着它的演变直到最终的灰烬。

这是我们生命的简单寓意。死亡擅长于给我们带来一些简练而根本的感悟。我们发现亡者从不会独自离开：他们从我们身上血淋淋地撕下一块又一块。只有事后才会感觉所受的伤害。悲伤从未消减。为了不直接面对打击，我拒绝清点一切，就像我拒绝打开安德鲁一念之间荒唐地送到我家里的，本该销毁的危险货品：三十多年来的情书！我才得知贝利昂把我的信全都存放在他朋友那儿，为了防止有一天落入蓓姬或者他们的儿子——艾尔蒙手中。但我也不能放在家里，只好带到凯尔德瑞克藏在爱丽丝的小工作室里，让它们等待命运的安排。我暗自发誓不打开它们，但就像蓝胡子⑥的妻子那样，我不能抗拒地把小钥匙放进那个锁眼中。信于是出现了，被黄麻带捆绑分类摆好，像一具具木乃伊。我逐个认出了不同时期的信件：使用那支万宝龙牌（Mont Blanc）大羽毛水笔的时候，我正迷恋着用紫罗兰墨水写信；随后是南部海洋般的蓝墨水时期，当时我写了无数个"我的爱"。我立即把信放回箱子里，在它们全涌上我眼帘之前。这么多年来每隔一周寄出的书信不再仅仅是死去的信件，它们仍然具有杀伤力。烧掉它们，我做不到——而且这需要时间，因为书籍很难烧毁——我也做不到再去读信，因为害怕去评判，害怕发觉它们的龌龊——当我们分离太久时需要用文字做爱——同样也不能出版这些信件，就算以假名也不行，因为必须让它们无法对号入座，况且这将是对贝利昂的背叛。总之，所有的决定，我都无能为力，就像羁缚着我一生的违反道德的罪行就摆在眼前，像一具沉重的尸体。

　　早餐时刻，我突然想到一个惟一的解决方法：尽快把信沉入大西洋海底。这片海把我们分隔两地却又紧紧相连，如今就让它热心地抹掉我们爱的所有字迹。但我必需小心行事，先把它们放到扎了洞眼的袋子里预防三天后某个渔民用网把它们又捞上来，还能看到我的名字……我相信命运的狡谲。"除非己莫为"，恰如安德烈的口头禅。

于是，在一个爱尔兰式的天空下，霏霏细雨中（或者是因为我哭了），我保持着葬礼仪式所必需的缄默，把生命中最激情的那部分装在黑色袋子里，淹入水中，就像正在亲自安排自己的葬礼。所有这些爱的字眼，在我小船边旋转着，渐渐地被绿色的海藻群吞噬了。

☞注释

①皮埃尔·俄伊耶（Pierre Heuyer）作品，1944 年皮埃尔在桑谢尔莫兹（Sancellemoz）的肺结核疗养院里去世。——作者注

②维泽雷（Vézelay），位于法国勃艮第地区约纳省的一个小镇，是"圣雅克朝圣"旅途的必经之地。

③拉马丁（lamartine，1790—1869），法国浪漫主义诗人，其诗集《沉思集》(1820) 开创了法国浪漫派诗歌的先河。

④伊瑟尔的诗，从第 3110 句至第 3120 句，引自托马斯的《特里斯坦》(Tristan)，12 世纪著。——作者注

⑤郭丹（Godin，1817—1888），法国工业家、慈善家，发明了新式供暖炉，人称郭丹炉。

⑥蓝胡子（Barbe-Bleue），法国童话，讲述了一个男人（蓝胡子）结婚 6 次，无人知道他的妻子们的下落。后来他又娶了一位新娘，婚后不久要外出，把家中的钥匙交给新娘。其中有一把小钥匙是蓝胡子特别交代绝不能用的。抑制不住好奇心的妻子打开了那间被禁的房间，发现了其中的秘密（他的前妻都被他杀害在房里）。这件事被回家的蓝胡子发现要杀人灭口，最终新娘的哥哥们赶到，杀死了蓝胡子。

14 星陨

题献

米亥矣·若斯潘和克莱尔·奇里尔①

我等来了我的八十一岁，如此一来我就可以死去……那一天已经不远了。先前我早已这么想过，但就像 1453 年伊斯坦布尔沦陷于土耳其人手中早已众人皆知，可在潜意识里，我们每个人仍笃信自己的不朽。这一年是漫漫长路的第一步，但也可以变得无关痛痒，只要多一些衰老的自愿与妥协。在这方面我还绰绰有余。

很久以前，我跑得飞快。曾梦想成为青年组赛跑冠军，一百米甚至五百米的，因为我有一颗运动员般的心脏——校医说我的心跳频率很慢，而且我喜欢拼搏。但我们这个基督教会学校里战前根本

| 星陨 La touche étoile

没有为女孩设立的运动，连体操也没有。

如今，时光跑得比我快，已经赶上来了。我第一次感到它的利爪扶在我肩上。但这微不足道，无非放空炮警告罢了，没什么新鲜的，我就像认出了一门自己从未说过的外语。

一个十一月份清冷的早晨九点整，有一片云彩不在空中飘行，却来到我的脑海里遮住了我的意识。我当时站在坎佩莱火车站的月台上，立刻明白了是"那个"，正是"那个"让我突然间倒地，把自己交付给热心的路人们：起初平躺在站台上，随后被抬放到一张长椅上，四周人头攒动，有担心更有好奇的脸蛋，每个人都梦想参与一件轶事杂闻；最后由消防员接管。我的坚强就这样被缴械了，成为陌生人病态好奇心的猎物。

我忽略了自己停留在迷雾中究竟过了多少秒或多少分钟，又重新站在这个月台上，不敢前进一步甚至坐下，害怕再晕倒。那片云终于离去了，就像田间上空常见的云彩飘移。我被火车的咔嚓声所唤醒，于是像所有人那样登上了自己的车厢。我又变回人群中的一员！感觉真好。

我是怎样知道这一幕与我迄今为止的经历完全不同的呢？因为正是"那个"，没错。来吧，爱丽丝，别怕这个字眼：那正是死亡，更确切说是你的死亡。但并不是马上，它现在还只想开个玩笑，说说笑话，先自我介绍一番。

的确，我这个星期在凯尔德瑞克花园里耗费了太多的精力去享受整理农舍四周的乐趣：这是夏天里我和玛丽侬计划好了的。疲劳至今为止从未让我感觉不适，我也从未考虑给自己"更换齿轮"。我更情愿相信这次事故应咎责于我尚未适应的悲伤或者孤独。原以为自己会为终于重获的自由而欢欣：再也不用受制于三餐的时刻安排，可以夜里点灯看书或是听音乐……可是安德烈不在了却比在世时更让我牵挂。他最后一年变得如此单薄，以至于走的时候，恢复了人类原有的样貌，而他曾经的老人形象却变模糊了。

要知道死者们仍会触动仍会继续制造痛苦，极少会做好事。他们不再受制裁而使自己处于优胜位置。可怜的活着的人喃喃自语："我当时真该……我也许应该……我是否一直都没发觉？……"而他们，高高站在他们的永恒之上，乐于以各种形式来困扰我们，活着的人终究是这场游戏的输家。苟活已然是种罪过，于是很难再摆阵自卫，更何况那个"逃兵"把你一人留在这儿面对死亡发动的苦役。安德烈在世时，作为退休的行政管理人员，自然也不必管理家中的事务。我也没抱怨，一个人掌管大权还算是件乐差事。可如今我发现要一个人享用我们所签订的《未亡人继承遗产文件》必须翻越一系列冗繁的手续障碍。除了变成某某人的遗孀，我还是文件上的那个"未亡人"，真是可怕的术语！而安德烈在表格上从此将冠以"已亡纳税人"的头衔。难道只有男纳税人吗！没错！男人带走了一切。而绘成我的生命之图的那些成千上万却无足轻重的经历，从此改变了色彩。

多年来，我一个人做了不少事情，但一直都有个人在家里等着我。有时的确很沉重。但我在回家的时候至少可以大吼："呸！该死，我刚收了一张罚单！"如此这般会让我感到没那么难受。

现在我得一个人去电影院，没有我的纳税人的陪伴，这是最难过的。我很惊讶地发现自己的心倏然变得柔软，每当看到前几排那两个相依的皓首，相互交换自己的看法，温和地微笑着倾听彼此——他们一起生活了那么多年，以至于不存在挑衅的时刻。他们组成了一台老机器，磨合得如此完美，所有的齿轮配件各就其位地运行，没有任何嘎吱作响。我失去了我的丈夫，或者像他所言，孩子们的父亲，甚至这个亲爱的麻烦家伙（我曾如此抱怨过）。并且，我失去了无人可代替的，属于我的：同辈人。

当然，我还有孩子，但他们离得太远，就算是玛丽侬也不例外。我不可能跟他们说："你还记得'国民前线'②吗？我当时二十岁，有生第一次参加游行，在国民议会大楼前抗议，和艾莲娜一起。她当时还佩戴着'火十字架③女兵'的徽章。"简直就像提起伊斯坦布尔的陷落那般遥远。

辈分之间的距离，从前尚且能以法国历史来充当连接我们的纽带和共同的记忆，如今却蒸发殆尽。我的孙女奥海丽，攻读历史学士学位，也从未听说"索瓦松圣瓶④"！当我面对我那位自命不凡的瓦伦丁，模仿圣雷米对克洛维⑤说道："低下你的头，骄傲的西刚特人！"，他会怀疑我的老年痴呆是不是开始发作了。

我们是第一代被遗弃的祖父母，与自己的后辈割断了联系。1968 年之前的世界还未被颠覆，而随后却把我们的家庭布景一同拖入堕落的深渊中。甚至连"家庭教师"这个美好的词汇也消失在漩涡里，随之带走了写作、听写、从 0 开始的数字和从 a 开始的字母行列、装饰在我们练习簿底页的乘法表，还有"上士"和"高卢女人"牌水笔（如今有谁会知道初次使用前先得用嘴吸一下？），这些高卢女人甚至很快连香烟都不是了！

幸存的我所处的社会里，出门闲逛的同辈人越来越少。很多人都躺着，在轮椅上或家里，废物一般。每周都有我至少认识名字的某些人消失，纷纷"像格拉弗洛特⑥一样溃败"。这是我父亲的口头禅，但又是一个无法与人分享的回忆！算了，爱丽丝。

另一件事物也蒸发消失了：我的力气。但又能用在哪儿呢？我既不用上班也没人在家里烦我。我常引用尼采的一句名言："保护强者对抗弱者"，而且把自己列入强者一类——承担着安德烈对我的依赖——并笃信所有弱者都有一种寻求承担者的本能。也许承担者有必要负责挑重担，而活着就是为了那些生来就疲惫的人服务吗？天生我才必须物尽其用吧，我猜想。这对于我是个新观念。

此外，我必须孤单地对抗高龄市场产业的开发商们。自从我和安德烈年过八旬以后，那些难以置信的广告无日不至：残障电动三轮椅，给心脏功能不全者的楼梯升降机或者从侧面开门的浴缸。任何领域都逃不过这些好心人敏锐的触角，如今他们还抢滩登陆了性领域——自然是男性的。我每星期都会看到这样的信件："安德烈·塔强先生将能享受硕大的勃起，可以同时满足众多情人，甚至饥渴的女人"或者"溢出滚滚精液洪流让伴侣惊叹不已"。真是令人错愕的文学作品！

哪些伴侣，尤其是在这个性事只偶尔跑龙套的年龄，会真的梦想被那神圣的精液从下溅污至眼里？

这些盛事从来只会向男性保证。没有任何一则广告是关于女性激素——例如，喷在女士们的屁股上，就能吸引众多男性气喘吁吁地跟随其后！

为了报复，我给自己找乐子，给每个淫书秽画窝点寄上一张简洁的通知："我的丈夫一直遵循你们的建议，九月份以来按时服药。于今年十月二日去世。署名：惊叹中的妻子。"

我没收到任何一封回信。

我们曾一同哈哈大笑，在这些阳痿和衰竭的文学作品面前。可现在，我还弄不清为什么一个人笑不起来。我可以无聊，可以高声自言自语，但奇怪的是，笑声再也发不出来了。

但又有什么可笑的呢？技术、电子和全球化的全能孤立了年纪太大的人们。他们正在全盘皆输的当头，就连多少个世纪以来保留给他们的社会角色也慢慢失去。

一位爱斯基摩老妇人，昨日还能用残缺的牙齿鞣兽皮，为自己在族群中不可替代的作用而骄傲。如今，她牙齿完好却仅仅是一张无用的吃白饭的嘴罢了。她的丈夫，一名海豹猎人，驾驭着小皮艇，以亲自手制的弓箭为武装，展示着他们族群的生存之道。而如今，格陵兰岛或阿拉斯加的消费者在超市里就能买到海豹和驯鹿的皮革制品，或者更糟的——满足于渔船工厂生产的裹着面皮的冷冻方块鲽鱼肉，这些工厂甚至根本不属于他们。于是了不起的猎人们失业了，只能领社会救济金。

在古希腊，苏格拉底是智慧的主人，给簇拥在他身边的雅典青年授课。如今的雅典年轻人在互联网上找到他们想要的一切（而这一切不再包括智慧！）。英武的亚西比德⑦跟一个糟老头根本学不了什么，而苏格拉底则最后孑然一身撒手人寰。也许免去了毒芹汁，但同样也失去了众学徒。

我们死时也正是如此光景：死在无尽的冷漠里，甚至被废弃。我们变得数量如此众多以至于让年轻人公开地表达他们的厌烦（以及不安：我们该怎么办啊，长此以往？）。我蓦然发觉自己从一个又一个不受欢迎的地方里撤离了。夜晚是我不敢再冒险的空间之一。

一个男人，就算是跟跄摇晃，也能和他组成一个安全的整体让我安心。一个女人，单身同时衰老，等于女人的双倍。

有一天晚上，我第一次晚归，看完电影走进富兰克林·霍瑟维尔（Franklin-Roosevelt）地铁站里，乍然变成不合时宜的人。当时正值凌晨，两边站台上百分之八十都是年轻人。他们相互嬉笑打闹，向对面站台打招呼，把他们的噪音，他们咄咄逼人的语言以及他们那傲人的青春强加给所有的乘客。这是他们的地盘，而我不再属于这儿。有几个和我一样的路人黯淡如墙灰……绝对不能让自己引人注目。时光顿时倒回 1942 年，巴黎被德国人占领的时期，当人们身处公共场合时，无论地铁、歌剧院广场或者占领军司令部，寥寥几个战败的法国人淹没在胜利者灰绿色军装的人潮里……

正是这种恐惧让我们慢慢地蛰居在自己的巢穴中。尤其在厨房里：这对于吾辈女性的绝大部分人而言，相当于"自己的房间"——引自弗吉尼亚·伍尔夫的名言。

但灾难派遣的科技杀手一直盯着我，自从我不情愿地把那四块古老而简易的电炉板换成一系列全新的厨房设备以后。街区里的五金杂货水管工热情地向我推荐了电子感应炉板，据说更可靠且更节能。玛丽侬家里就配备了一个搪瓷炉板，我用起来毫不费劲。于是我自信地在合同上签了字，三个星期后拆开包装，看到一块漂亮的黑色平板，通体光滑，一个操作按钮也没有。

"按钮已经过时了，夫人！用手触装置就够了。"

"好吧，但我更喜欢可以调控的按钮，1、2、3、4、5。"

"调节温度的话，您重复按几遍就好，这儿会显示红色的度数。"

"如果我的猫跳到上面，也会开启吗？"

"这已经安装了加锁功能，夫人。如果不使用机器，您就把它锁上。这也一样，用手触装置就够了。"

"如果孩子把手放在上面，会解锁开启吗？"

"只要孩子不靠近就好，夫人。"

"这么说，您是建议用手触装置驱赶孩子吗？一个耳光，比如说？"

街区的水管工大笑起来。他不能得罪顾客。

"这比从前复杂多了，您的设备……"

"要学会使用，夫人。"

"煮个鸡蛋还要学习？就我现在的年纪？"

"我给您做个小示范，您就会明白了。先烧水。"

我把挂在墙上的第六号锅取下来。

"啊，不行。铝制的，绝对不行！必须是带着感应底部的不锈钢制品。"

我居然有一个，真是奇迹。

"可是，先生，我所有的派热克斯厨具，我所有用来煎鸡蛋的瓷制平底锅（用这个烧的蛋是最好的，您也知道），还有我的压力锅，搪瓷瓦煲和泰法尔牌（Téfal）组合套锅……难道都得扔掉吗？"

"没标着感应的都不行。"这位厨房专家说道，十分痛心地。

我再次查阅注意事项，吓坏了。我读到几个小字："佩戴心脏起搏器者，注意！有可能产生某些电磁干扰作用。请咨询您的医师。"我没有起搏器，但也是该戴的年纪了！他应该提醒我，这个厨房专家，应该告诉我这感应机器不是给老年人用的，应该预先通知我家的一切都要扔掉，包括我的猫。这玩意只给标着"年轻"的人使用，并且在选择厨师前先看看心脏医师。此后我在《使用说明》里得知："建议安放在离烤箱灶台水平三十厘米以上！"难道要用扫帚柄来搅拌奶油调味汁吗？

我当场卸下我的感应炉。我只想要一个任何质地的炉板，只要有1、2、3、4、5的按钮就好。

"但是在您的合同上清楚地写着，夫人，感应的。"

"没错！归纳⑧就是'从一个例子中概括出一个结论'。这是演绎的反义词，您瞧。我是法语老师，先生，而不是厨房老师，您应该先跟我解释。对我而言，您的感应纯属狗屎。您瞧，多好的举例啊：这正是我从一个例子中概括的结论！归纳就是如此。"

"夫人，我很抱歉。"这个勇敢的男人说道，"但您已经签了合同，我必须请您付钱。这炉子的确比普通的要贵些，没错，但我向您保证这是市场上最好的款式，所有的大品牌都推出了这款产品。这是未来的趋势。"

"未来？您知道吗，这不是我所关心的！您没有能切好蔬菜直接在桌上变出菜肴的机器吧？"

当然，我还是克制了自己，不再继续虐待我那可怜的管道工。无论如何是我签了字，没仔细阅读合同是我的错。我于是懦弱地为这感应炉付了钱，然后在商店打折的时候买了一个破产厂家的劣等品，带有1、2、3、4、5按钮的炉子，就像我童年时代的那样。嚇！总之，只要一出故障，就没法修理，法国各个角落的管道工会唱起同样的老调子："要修理这个（在此，可选择：电视机，吸尘器，取暖器或者烤箱……）比买新的花费更大。"

贝尔兹布尔可幻化为任何人，而且他总是赢家。我们总经历惨痛教训后才会明白。

　　亡者身后事务的种种手续差不多完成了，我这个未亡人备感需要换换空气。玛丽侬和萨维尔亲切地召唤我前往凯尔德瑞克加入他们当中。这很让人向往，但十二月并非布列塔尼最好的时节，而且我更想和艾莲娜在一起。条件正适宜：维克多从床上摔下断了股骨，要进行两个月的功能锻炼，这就保证了我和我的小妹妹能毫无问题地同住几个星期，一起享受南方的冬日。她去年终于拿到了驾照，因为维克多不得不放弃了他的奔驰车。她给自己买了一部"标致俪人行"，不至于让丈夫太丢人，如果她选择一辆敞篷运动款旅行车，他肯定不好过。他本想要两缸马力的车，但雪铁龙已经不再生产了，真是遗憾。没错，但至少还存在着这么一些七十岁的小姑娘，被阻止长大，深信自己先天无能，天生就需要服从男性。

　　我没对她说那些风凉话，我可怜的米妮。因为斗志所剩无几，我所有的力气都花费在抑制身体所发出的种种求救信号。我必须尽量安抚："乖一点，喔，我的疼痛，能不能保持安静"，如此一来我才能分辨各种信息，避免灾难——例如，膝盖陷入髌骨中（我那儿已经没有软骨了）。我很固执地拒绝了它们强烈要求的拐杖……于是它们俩联合起来让我摔倒在地，向我证实了它们是对的。艾莲娜好不容易把我送到圣乔治佩斯疗养院的综合诊所去做个系统检查。我拒绝结肠镜检和其他刺激精神的检查，因为实在不想把昏睡的病人们惊醒……但我还是逃不过一系列检测和分析，逐个向我说明……我已经不再是二十岁了：白内障……甲状腺……高血压……视网膜里可能存在的黄斑……反正，我从来不太欣赏圣乔治佩斯，不管是作为诗人还是外交家。

　　然而，我暂时向绿色产品的谗言妥协了。实在不敢放纵自己滥食那些肉酱——野猪肉甚至椋鸟肉，厚厚一层咸黄油和油腻的炙烤美味，相反要面对着一罐双歧杆菌酸奶，零脂肪食品和蔬菜汤。我陪同艾莲娜前往绿色产品商店——在戛纳满街都是。在像极了老年之家的大厅里，尽是一群幼稚热情的老太太们前来探讨和交流她们的经验。但是在这些虔诚女信徒当中从来看不到一个男人。"这正是为何他们死在我们之前。"艾莲娜如此断言。

　　我被一种治疗关节炎的绿色黏土吸引了，据说能调成糊状用来给膝盖涂上厚厚一层。既无注意事项，也无使用说明。这就像教堂里的圣餐仪式，心诚则灵。包装也特别简陋，会弄得到处都是，弄脏衣服还会堵塞下水道，就当做是治疗的一部分吧。但不得不承认它消除我的膝盖肿胀效果惊人。

　　我们的自由很不幸地受到限制，因为艾莲娜坚持每个下午都去陪伴维克多。我很少陪她去：那会让我老上十岁！我们走进房间带着勉强的微笑，而他负责一开口说话就把它抹杀掉。他总是"过了一个糟糕的夜晚"，可供选择的理由有："根本没合眼，这种暴雨空气让他窒息，偏头痛或者大拇指剧痛"。

　　"这只是沧海一粟，维克多。"我欢快地对他说，"活人们的疾病啊！"

　　他肯定不高兴，我知道，但仇恨对坏人有益。这群老人，接受了爱和雪鸫⑨的营养，却化其为苦难与责备归还于你。

　　他想知道我们没和他在一起都做了什么，见了谁。其实他谁都不放在眼里。

"啊，可怜的瑞霍姆！像头海豹的同性恋，这家伙！"

"啊，你们去看了《时时刻刻》⑩？那些无休止顾影自怜的女士们的伤感……就是弗吉尼亚·伍尔夫的全部……"

这些歧视女性者就像一群复制的强奸犯。我们跟他们解释，向他们说明女权主义的根据，他们即时看似同意了，但转眼间，我们一放松，他们本性难移地又故伎重演！和《好女人们》⑪一模一样的情节，一模一样老套的玩笑。

维克多的口头禅之一，是我尤其讨厌的："与我无关。"他觉得这是个警句。而我每次都会粗暴地予以还击。艾莲娜指责我跟一个重病号过不去。为什么不？这至少还把他当一个正常人看待！

"不管怎样，"艾莲娜眼含泪光说道，因为发觉当我们走出房间时，维克多目送她离开，带着一种怨恨，因为他不能忍受自己不在她身边。"不管怎样，维克多虽然有时很笨拙，但他给了我一生深厚的爱！"

尤其是深厚的自私自爱，我很想纠正。但我不是杀人犯，虽然表面上凶残。

我们在克鲁瓦塞特角上散步，参观博物馆，逛商店，就这样度过我们的早晨。

夜晚，我们幸福地在一起，回想我们的童年时光，一同为那些灰白斑点的马驹感动——它们拉着冰淇淋小贩的流动咖啡店马车，在那里可以买到用麻袋布包裹的雪糕点心。在这儿才知道低温是一种奢侈。我们一起回想当年听主人声音的小福克斯犬⑫和带手柄的留声机或者转唱盘机，之所以愚蠢地称之为转唱盘机，正是因为它转动唱盘，不必上雅虎或者努斯（Noos）网去查找，都是些如今不再提及的事物。

我们很幸福，但我有时仍为住在这个空调房间里而不安。我们是否过着一种浮夸的生活？

"是浮华，亲爱的姐姐。"艾莲娜纠正我，"没什么差别，只是角度不同。应当细细品味我们能舒适生活的机会，这么一个安乐的环境，装饰着精美的物件，什么都不会让你想起世界的不幸。你已经不再是战斗的年纪了，你给得够多也受够了烦恼。就让自己好好享受一回吧，我亲爱的……"

的确明智，但这里的生活像讽刺漫画般夸张，"一切只存在秩序、美好、豪华、平静……"。但是，为什么会失落！在这个平庸的世界里，我开始想念简单的现实生活。在这儿我觉得自己已经死了，尽管另一个世界的确很舒适。

此外，我必须离开艾莲娜，因为她的大儿子、亲家和佐艾要来夏纳过二月的假期。最后一周，我们睡在同一个房间里，说些蠢话，换句话说是晚上才会谈论的深刻话题。我们彼此承诺每年都要在一起过上几个星期。反正维克多有两块股骨！我只在自己面前说这么坏心眼的风凉话，我承认，毕竟年纪大了。

习惯了奢侈，回家发现自己的公寓如此卑陋，于是我打算整理并粉刷一切，包括我的悲伤。像我们这样的年纪，整理意味着丢弃。我把自己沉积的过去统统扔进垃圾桶中：文件、发黄的剪报、女权杂志，从前保存这些是为了预备什么时候会有人跟我约稿；已经很久没人约稿了，我的名字对任何人都没什么意义了，如今那些愚笨多舌的年轻人想当然地觉得她们享有的权利是从天而降的。

"您三十岁才有选举权？不可能！"这群没头脑的女人说道。

"过去没有避孕药吗？那您怎么办啊？"这群没头脑的问道，而这"过去"意味着从昨天一直到中世纪。

都忘了吧，拉库阿·维尔-阿雷⑬博士和她的生育统筹，吉塞尔·阿理弥⑭和她的博比尼企划，西蒙妮·维尔和在她的法令通过以前每年八十万例不合法的堕胎导致每年某些女子死亡和其余上千人的不育。

致命的，还有遗忘与无知。哪怕一些了不起的女子仍在战斗，没有支援，没有认可，只有众人的冷漠。

人们不再向我征求意见，但又有谁能阻止我提出呢？我突然有个念头，随后变成一种渴望，再而成为一种坚定的使命感，促使我动笔撰写最后一本著作，就像是女权主义的遗言，打算让玛丽侬在我死后出版。

"为什么在死后？"莫伊莱问道。

于是，这个春天，我来到凯尔德瑞克，可以远离家里的装修工程，在此地安静地工作。我度过了幸福的三个月。每个星期我都会给艾莲娜写信，她也一样不喜欢电话联系，一如既往地给我回信。那些精致可爱的信里配有她亲笔画的插图，就像各个时代、人物和神奇动物的画册一般，使我又一次为她从未跨出那一步去接受展示自己的才华而遗憾。

玛丽侬前来看望我——她从不会让自己错过春分的海潮——来帮我整理思路，帮我接受自己已经年迈的事实：我愤恼地不能容忍自己在下午五点以后竟然动不了笔，要知道我曾如此喜欢在夜间工作。我从未被迫抱怨自己的身体，而如今它的确逾期了。取而代之的另一个身体——代替我那曾不屈不挠的，让我越来越不喜欢。

但，是它决定我的一切。

我刚在我的书上输入"完"字，地板突然间在我脚下裂开。天空顷刻变黑了——无法接受的事情发生了。一小块血栓堵塞了艾莲娜的脑动脉——这几乎与我自己的一样珍贵。我的小妹妹，事实上几乎相当于我的女儿，经受了我所预感的致命一击。

她一个人在家里，维克多下个星期才能回去。因为没接到每天定时的电话，他立刻有了最坏的想法而报了警。警察和救护人员撞开家门找到了倒在床边不省人事的艾莲娜。她被送往医院，但情况十分不乐观，她的儿子向我承认：是偏瘫，而且是最糟的一边——同时控制她书写的手和言语的脑半球。她转眼间同时失去了语言和文字。

我明天出发前往夏纳。艾莲娜只有"七十五岁"，医生们断言她能恢复——尽管只是部分地。当一个人刚从完好的世界里倏地跌入这个非生非死的朦胧境地时，还能说些什么呢？

自从 AVC（脑血管突发症，从前称为脑部循环突发症）以后，十五个漫长的日子就这样悄然而逝，我很担心她会醒不过来，我的艾莲娜。医生们含糊的脸色和搪塞的言语、艾莲娜不对称的脸颊尤其那崩溃的眼神，让我不能抱有更多的希望。

就在刚刚一起度过的美好秋日里，我们思考了"死亡的艺术"⑮，她最终决定参加 ADMD⑯（我为之奋斗多年）。当我们身体健全时宣布可选择的死亡是多么有价值啊！但该如何确定自己是否能跨越这致命的门槛，当你对自己同样对他人都失去了控制的时候？安德烈只要活着，我就不能轻易放弃他的生命。我又怎能对艾莲娜做"此事"呢，让她孤独一个人走。我的两个生存理由就这样没了（毋宁说是所有的理由）。我的孩子们，已经真的不再需要我了，就算他们很想守护我。他们实现了自己想要的人生，而我的离去，预想之中的，不会给他们带来烦恼，无论是明天或者以后。

　　至于我，没有任何欲望参与孩子们的衰老过程。玛丽侬已经六十四岁了，我为那等待她的将来而怜悯。虽然她还是一如既往的美丽，但看着她七十岁时会经历和我一样的遭遇，对我而言是个真正的耻辱。至今为止，我从未预想过一位母亲亲眼看着她带到这个世上的漂亮小人们变成颤抖不止、目光呆滞、双手变形的模样。而我又该如何面对孙女们步入半百之年？长寿会打乱谱系里的所有链条。

　　我想象着，玛丽侬和我十年后在凯尔德瑞克的早餐时刻，两人都褪去了旧时的发色，分别打开各自的药匣：鲨鱼软骨胶囊、基础油、欧米伽（oméga）三号、消炎的、防治胆固醇的、降压的、镁、硅、锌、维他命、DHEA，诸如此类繁不胜举。我们看着大海痛苦地吞服药片。海面应该是空的，因为船应该被卖掉了，莫里斯由于腱炎不能再发动五缸的舷外马达。我们温柔地看着他翻阅航海杂志寻找一艘电动小型船只，都知道能享用它的时光早已过去了。女人往往都是令人沮丧的现实主义者。而对于莫里斯，一切皆有可能。他的梦想能独立于现实不停地繁殖。这保证了他永恒的青春，也正是我所钦佩的。而我则埋怨自己成了一个梦想的扼杀者……

　　正是因为对生活的热爱让我想及时离开，不留任何遗憾。但我知道早已失去的和每日正在流逝的一切，是什么都无法替代的。

　　我如此热爱奔跑、攀爬、滑雪、开车，以至于不能终日安坐着只会手拿遥控器不停换台。

我如此热爱酒的滋味，无论是单一麦芽威士忌的醇郁或是伏特加里永久不化的雪一般的香气，以至于不能看着碟子前只有一瓶装满无色无味液体的塑料瓶。

　　我如此热爱和伴侣一起生活、日夜两两相望、相互烦扰，一起闲聊、抱怨、读书、欢笑、分担生活所有的欢乐与痛苦，一起慢慢变老……

　　我如此热爱萨维尔、玛丽侬和莫里斯（平等地），以至于不能看着他们有一天站在我的活遗骸前——所谓的活着无非是以点滴维生，用管子供氧，靠导尿解手。

　　我如此热爱跪在花园里，深深吸着大地的芬芳，刨土、种植和修葺；我如此热爱直面阳光与苍穹、双脚浸在冰冷的海水里、漫步在荒野中、憩息在花园树阴下，以至于不能头戴一顶软帽，腿上披着毯子……为了上床睡觉而苦等夜幕降临！

　　我如此热爱钓鱼，在海边或者船上；和玛丽侬、艾美丽以及塞尔琳娜去绿岛、拉杰涅岛或克雷南岛，以至于不能看着别人把捞网扛在肩上，水靴斜挎在腰间，眼里都闪耀着光芒，动身前去赶潮，而自己却欲哭无泪无法随行。

　　我想离开，背负着沉重的回忆，双眼充满了自豪——为一直保持到最后一刻的活力，在属于我的时刻离开，而非医生预告的，也非教皇允许的，更不是玛丽·德·亨涅歇尔[17]所建议的缓刑死亡——附带着她那治标的姑息疗法和奶油般甜腻的微笑。

　　奇怪的是，如同得到补偿般，我对事物的美越来越敏感，所有微小的奇观和宏大的表演汇集在一起让我热泪盈眶：海石竹绽放的蓝花，《迁徙的鸟》电影中灰鹤的飞行，一株命名为塞尚的玫瑰——

去年栽在并不肥沃的角落里，就在这十一月的初冬，正当我要放弃时，为了对我说："你瞧！"它竟出乎意料地为我献上它的第一朵红黄相间的花；或是一条回港的渔船——船身适然地与水面融合不留下一丝水纹，老水手站在舵柄前，他的狗朝前伸出脑袋，如船首头像般不凡……还有亡灵节海湾上的小教堂和它的花岗岩十字架，长期被风雨和寡妇们的泪水侵蚀洗刷……

同样奇怪的是，我曾在年少时热爱的诗歌，在安德烈死后又让我重新找回少女的情怀——你记得吗，艾莲娜，我们当时多喜爱拉弗格⑱啊。直到今天，我才能真正理解他那些绝望的诗句：

> 啊，生命如此庸碌
> 直到遥想时才发觉
> 自己曾如此微不足道

我们转眼之间比这位二十七岁逝世的诗人竟老了这么多。

同样，还有男人……鉴赏男人的兴趣是否永远都不会消失？

去年，在艾莲娜戛纳的家对面房顶上，我看到一位俊美的修房顶工人。那粉红色的瓦片屋顶上一共是四个人，但他是惟一的金发，像个芬兰人，有着男人中少见的修长身材和窄胯，细致得动人。他裸着上身干活，所以我每天吃早餐时可以欣赏他晒黑的肩膀，金发映衬下的褐色皮肤，胡蜂般的纤腰和在南部阳光下闪耀的金发——就像……一个完美的金色头盔。每当他走近屋顶的边缘，我会为之颤抖，哼起达里达⑲的歌曲。"他刚满十八岁……"，而引来艾莲娜讽刺的笑声。

"结合的倾向甚至在纤毛虫和草履虫身上存在，尽管它们是无性单细胞动物"，她提醒我，并引用《生命与科学》里的某篇文章。这些维克多长期订阅的医学杂志，艾莲娜会如宗教般虔诚地阅读每一本。

人类是不可能退化变成一只草履虫的。一直以来，我看电影的时候，每当女主角所爱的男子终于把她拥入怀中时，因为如此强烈地感受到她的情感而大受震动……条件是，导演必须熟知所要拍摄的不是爱情而是欲望。此外更难以表现的是仇恨或者暴力这些原始的情感。

我不敢向艾莲娜承认这种骚动抑或说是缺点。她从未背叛维克多，而且在"性"的问题上一直保持着异样的腼腆。每回提到这个字眼，她都会不屑一顾地撅起嘴，这对我意味着没什么好说的。

观看他人的亲吻是不会满足的，修房顶工人的演出也相当罕见，我几乎失去了所有的乐趣和所有同龄的朋友们，而且最后的著作也完成了，但我并不去细想自己为何如此激动地等待命运的最后一击。我所关心的是该如何压缩自己所剩的日子，以便于能及时听到昂杜[20]的马车嘎吱作响地来临，而驱车的殡仪马车夫，在我的想象中长着一张竺维[21]的脸？

瑞士、比利时、荷兰、都允许"协助死亡"。我在电视上看过《退场》（Exit，1985）这部电影，心跟随着那个病危的男子选择在妻子怀中平静地死去。还有那部出色的《大洋深处》[22]，都是关于生命之快乐与死亡之勇气的电影。

法国不再是个自由的国度。我们的众议员们刚创造了虚伪的"同意死亡"——这可怕的表达和"让他们活着"同在一个句子中。两个口号彼此都包含着对当事者意愿的蔑视。

"而我，会考虑你的意愿，爱丽丝。"莫伊莱说道，"就算我不喜欢人们死去。而我自己从来没有死亡的权利。"

怎样才能通向安乐死？这个源于希腊文的词简单地意味着所有人的梦想："美好的死亡"。

一位哲学家为了摆脱无法治愈的疾病被迫跳楼㉓，一位年迈的女士为了摆脱一直纠缠且再次将她分裂的疯狂，只能淌入冰冷的水塘中直到把自己淹没㉔。除了拒绝生存，除了个人的叛离，除了在如此残忍的方式里死去，难道没有其他可能吗？为了不连累帮助我们的医生或者向我们伸出援手的亲人被判刑，难道我们在法国注定着独自死去吗？

"你并非一个人。"莫伊莱说。

我需要明确的建议，而且觉得必须向生命（换句话说是死亡）的专家们咨询。我约见了艾莲娜的神经学医生，安德烈的肺科医生，我自己的老年学医师甚至还有玛丽侬的妇科医生。然而，却让埋藏了五十多年的一切又一次从我记忆的底端涌出！他们像是受到了侮辱和充当了坏人，于是蹩脚地用全然冷漠的面具掩盖大男子主义的口吻，穿上曾用来拒绝堕胎的意识形态铁甲。最后，以如今连弥撒都不参加的人们所谓的基督教信仰作为托词，为这冠冕堂皇的一切画上完满的句号。

当一个人永远失去希望时，他所需要的是慈悲而非信仰。

我祈求选择死亡的权利，就像当年我呼吁选择生或不生孩子的权利一样，于是我又恢复了同样的乞讨姿势，又在同样的特权阶层跟前！他们就像应付小女孩一般对我说话，而我比这些医生的年龄都要大上一倍。我认为自己已经够老了，应该结束一切了！可我的生命竟不再属于自己了？

在一个夜不能寐的思考中，正寻找如何逃离这个绝境的我突然想到，我们这些选择死亡的会员们也许毫不知情中拥有了一个典型的先例。突然间，耶稣基督在我看来变成一个最好的例子，他也一样，选择了自己的死。很显然，他本可以从士兵手中逃脱，仅仅一个小奇迹就足够了……但他选择了更艰难的考验。这是对他的神圣性的亵渎——作为上帝的儿子怎能像只兔子般落入陷阱，像个误入歧途的小贼般被钉在十字架上。然而这一切都在圣父的宏伟规划之中，而基督选择了与之配合——用自己的死亡。

这想法让我为自己的计划感到一种怪异的安慰。

"别提前让一切变得不可挽回。"莫伊莱说道，"你还在等什么？趁还在世时赶快把你的著作—遗嘱发表了吧。"

在把计划着过世以后再发表的书放进小工作室里之前，爱丽丝决定让她的女儿读一读。玛丽侬看完后十分兴奋，把书传给莫里斯。于是他们两人成功地说服了爱丽丝，立即出版了这本书。

"你整整一生所期盼的成功，正是这本小书很快会带给你的。妈妈，你会看到的。如果不能亲身经历该多遗憾啊。时机到了，我敢肯定。"

《女权主义的遗嘱》三个月后面世了。爱丽丝从前的报社，《我们，女人》从中看到了重新利用一位长期受冷落的专家的机会，决定在头条上发表长达几页的专题报道。成功如此迅速，意想不到。爱丽丝又找回了曾遗忘的幸福：收到一大批读者来信，老的新的，都向她咨询各种社会问题，而她批评这些问题导致埋葬了女权主义者和女权主义，还有平等……她还像个明星一样被邀请上电视文化节目——在那儿展示了她这个年纪不该有的恶毒与滑稽。

"我本可以成功地在这一生中都充当一个烦人的恶人，"爱丽丝说道，"正因如此人们今天竟然喜欢我了！"

"来到这世上却默默无闻的人既不配受重视也不需要容忍。"㉕莫伊莱说道。

爱丽丝并没有与艾莲娜分享她喜悦的心情。因为艾莲娜又成为第二次袭击的受害者，慢慢地在无意识中黯淡了。但看到塞尔琳娜的第一个孩子出世时，爱丽丝很幸福地在玛丽侬的怀里落泪，因为感动也因为默契——贝利昂借着这个傲慢的红发小男孩，又一次成功地潜入她们的后代中。

艾莲娜的生命在秋天里熄灭了。爱丽丝开始出现视觉的严重障碍，而白内障手术的效果也只能维持一段时间。她提前告诉孩子们，如果再也不能独立生活，不能阅读，看不到天空和海的颜色，她就不能继续活着。但她拒绝把他们牵涉到这个决定里，她想一个人承担。

"我情愿你们不知情。如此一来你们可以对自己说，我也许是自然死亡。我知道你们会很痛苦，但无论如何，我丝毫没有办法可以让你们避免。"

"我从未如此急切地看着我所保护的人消失。"莫伊莱说道，"我是如此依恋他们。我做不到。可我这么爱你，爱丽丝，所以特许了你的放弃。因为你一直都知道把握属于自己的和我给你的机遇。包括这最后的一次：在你的时刻死去。当你准备好了，爱丽丝，我就在这儿。给我一个提示，按下星号键。剩下的由我来，我亲爱的孩子。"

☞ *注释*

①米亥矣·若斯潘（Mireille Jospin，1910—2002），法国女权运动家，曾为妇女教育及避孕药的普及作出重大贡献，其子 Lionel Jospin 曾于 1997 至 2002 年间担任法国总理。

克莱尔·奇里尔（Claire Quilliot，?—2005），女权主义者，其夫 Roger Quilliot 是法国政治家，研究加缪的专家。

②Front populaire，法国左派多个政党联合成立的"国民前线"于 1936 年当选执政，致力于抵抗国内法西斯主义的兴起、解决 1929 年经济大萧条带来的社会问题和民主改革。这是社会主义党第一次执政，全国工人在三个星期里罢工游行庆祝，法国上下一片欢腾。

③火十字架（Croix de feu），1927 年创办的退役军人组织，于 1934 年在巴黎协和广场示威游行反对腐败的 Daladier 政府，警察朝人群开枪导致了 16 人死亡和五百多人受伤。随后 Daladier 被撤职，左派政党团结一致，于两年后成立"国民前线"。

④相传法国国王克洛维攻占索瓦松后，将士们分战利品时不愿交还从教堂里抢来的祭祀圣瓶反而将其打碎，克洛维把故意打碎瓶子的士兵斩首予以惩戒。法国第三共和国（1870—1940）曾在学生课本上大量宣传这个传说的教义：对权威的尊重、对命令的服从和个人的忠诚。

⑤克洛维（Clovis，约 466—511）是法国历史上的第一个国王，他在妻子的影响下改信天主教，并在兰斯（Reims）大教堂接受了洗礼，开辟了历代法国国王逢加冕必来兰斯接受洗礼仪式的先河。为他加冕的雷米主教也因此得以封圣，即圣雷米（Saint Rémi）。

⑥格拉弗洛特（Gravelotte），位于法国洛林地区摩泽尔省（Moselle），1870 年在普法战争中几乎被战火摧毁。由于当时炮火惊人的密度而演变出一个类似

于中文"倾盆大雨"的谚语，但如今已不太常用。

⑦亚西比德（Alcibiade，公元前450—前404），雅典政治家、将军，苏格拉底的学生与挚友。

⑧法语中"induction"一词多意，基本意思为"归纳"和"感应"。

⑨雪鸫（Ortolan），分布在法国南部的鸟类，肉质柔嫩鲜美，是旧时的皇家贡品，常用阿马尼亚克烧酒烹佐制成传统菜肴。

⑩《时时刻刻》（the Hours），斯蒂芬·戴德利（Stephen Daldry）于2002年执导的影片，根据美国作家迈克尔·坎宁安（Michael Cunningham）发表于1998年的同名小说改编。故事以英国女作家弗吉尼亚·伍尔夫的小说《达洛卫夫人》为主线，讲述了20世纪不同时代三位女性一天的精神生活，其中包括了伍尔夫投河自杀前的经历。

⑪《好女人们》（les bonnes femmes，1960），法国/意大利电影，由克劳德·夏布洛尔（Claude Chabrol）执导。

⑫此处指的是Pathé-Marconi牌留声机，因其著名的招牌广告画：一只福克斯犬在留声机前听自己主人的声音，而被普遍称为"主人的声音（La Voix de son maître）"留声机。

⑬拉库阿·维尔－阿雷（Lagroua Weill-Hallé，1916—1994），法国女医学博士，"法国生育统筹运动"的发动者，致力于研究妇女生育健康的工作。

⑭吉塞尔·阿理弥（Gisèle Halimi，1927—　），法籍突尼斯裔女律师，仍活跃在法国政坛的女政治家。1971年，她与西蒙娜·德·波伏娃等一起创办了"女权运动：选择"组织，为职业和政治中的男女平等而战。1972年，她在博比尼（BOBIGNY，位于法国塞纳圣丹尼省［Seine-Saint-Denis］）组织了反对禁止堕胎和避孕法令的运动。

⑮正如弗朗索娃·吉胡（Françoise Giroud）在《特殊课程》（leçons particulières）中所言。——作者注

⑯"带着尊严死亡的权利"协会（Association pour le Droit de mourir dans la

Dignité）——作者注。ADMD 于 1982 年由女权主义者发动成立，支持拥护选择安乐死权利的合法化。作者本人于 1986 年加入该组织。

⑰玛丽·德·亨涅歇尔（Marie de Hennezel，1946—   ），法国当代著名心理学家，著有大量深受读者欢迎的关于心理学的通俗读物。2004 年和 2006 年分别出版了两本探讨衰老与死亡的作品。

⑱拉弗格（Laforgues，1860—1887），法国象征主义诗人，幼年长期动荡的生活加上十岁时丧母，以及生活的种种不幸，在他的诗歌中常表现出对无常生命的忧虑。

⑲达里达（Dalida，1933—1987），埃及歌手、舞蹈家，以其欢快的舞曲受到欧洲观众的欢迎。

⑳昂杜（Andou），布列塔尼人传说中宣告死亡的使者。——作者注

㉑路易·竺维（Louis Jouvet，1887—1951），法国著名戏剧电影演员、导演。

㉒《大洋深处》（Mar adentro），由亚历桑德罗·阿曼巴（Alejandro Amenábar）执导的西班牙电影，改编自一个曾经震惊西班牙全国的真实故事：Ramon Sanpedro，20 岁时开始四肢麻痹，最终在朋友们的帮助下勇敢地选择了死亡。——作者注

㉓此处指吉尔·德勒斯（Gilles Deleuze，1925—1995），法国当代哲学家。——作者注

㉔此处指弗吉尼亚·伍尔夫（Virginia Woolf，1882—1941）。

㉕法国当代诗人赫内·查尔（René Char，1907—1988）语。——作者注

译后记
一个女权主义者的遗嘱

小说《星陨》是法国女权主义作家贝诺尔特·克鲁尔 (Benoîte Croult) 的近作。这首先是一本关于衰老的书。就像船远远驶出后再回望不曾看过的全景般，年逾八旬的作者用自身的经历和犀利清晰却不乏幽默的语言，将衰老和死亡的沉重化为对生命的热忱，用乐观的语调为读者讲述一节"黑暗的教程"。同时，这也是一本回顾与反思女权主义的书。面对男女平等早已毋庸置疑的时代，这位老女权主义者戏称自己永远是个"恶人"，将那些为我们所遗忘甚至不曾知晓的历史重昭于世，并毫不留情地揭露了不公与偏见从未消除却粉饰太平的时代谎言。

"时常有人问我：'您还是女权主义者吗?'"，贝诺尔特·克鲁尔女士在访谈中不无嘲讽地说道，"就像我患了某种痼疾，永远都无法治愈。"女权主义 (féminisme)，在偏见的眼光下，并非一个伟大理论的代名词，也非女性解放与人类进步的同义词，却是个激起厌恶与误解的字眼。这个词来源于拉丁语"femina"，最初的含义为"具有女性品质"，十九世纪末开始用作指称性别平等理论和女性争取权利的运动，中文惯译为"女权主义"。然而，近年来大量学科和理论中更普遍地使用"女性主义"的译法。其区别笼统而言，便是前者偏重于政治性，强调女性解放运动中对"女权"（权利及权力）的争取与捍卫，而后者偏重于文化性与文学性，更为多元化——其本身就包含了"政治女性主义"（即狭义上的女权主义）。女性主义发展至今经历了不同的阶段，每个阶段都有不同的诉求与目标，因而其命名不可能一元定论，中文的两种译法恰恰是这种立场改变与发展进程的一个侧面反映。

虽然"女性主义"更为全面，更具包容性，而"女权主义"一词因其本身固有的片面性，缺乏一种连贯的历史透视，常常会带来一些消极的影响，却更符合人们至今仍对女性主义的偏见与误解。人们只记得女性主义历史中的暴力、冲突、过激言论与行为，因而"女权主义"这个词汇负载了片面狭隘的解读和扭曲变形的记忆色彩，"女权主义者"则成为一个让人避讳不及的标签。《第二性》的作者波伏娃否认自己是女权主义者，几十年来被尊为女权偶像刚刚获得诺贝尔奖的多丽思·莱辛也非常谨慎地否认她曾视己为女权主义者，更不必说普通女性了。到处都能听到"我并非女权主义者，但是……"这个无奈而懦弱的句型，几乎变成了一种症候。就算有人意识到性别歧视的存在，或是有了某种朦胧的女性主义的意识，却不想让自己标上这个可怕的称号。因为"女权主义者彻底地被定义为丑陋、令人厌恶、欲求不满、幸福的敌人、真正女人的敌对者，如果可能的话，不生育和看似同性恋，那真是锦上添花"。①

与"女权主义"相应的是"misogynie"——厌恶、敌视女性，常被译为"厌女症"。虽然有孔夫子曾曰"唯女子与小人为难养也"，但对于推崇阴阳调和的中国传统文化，"厌女症"这个外来概念仍是应用并不广泛的专业术语（在《星陨》书中转译为"歧视女性"）。而男权社会仇视女性的现象在西方文化中强调的是男女之间的对立与矛盾，其根源常被追溯到《圣经》中将人类原罪归咎于夏娃——女人，无论基督教、犹太教或是伊斯兰教，教义中都存在对女性的负面评价。此外，女人既然是上帝为男人而造——用亚当的肋骨造就的，于是在传统意义上，女人从来只是男人的附庸而非独立完整的人。且不说宗教，就说代表人类理性理想的西方哲学，从亚里士多德把奴隶与女人视为理性不健全者，一直到扬言"你到妇人那边去吗？别忘了拿上你的鞭子"的尼采，无不是以男性为中心，无不乏"厌女症"患者。又何必再一一罗列其他领域的例子呢？小说《星陨》中玛丽侬所撰写的《歧视女性的历史》，若真有其书，该是一本多么精彩的著作！

这部小说通过几代女人的故事，从另一个角度展现了我们并不熟悉的法国女性主义的历史。主人公爱丽丝，生于二十世纪二十年代，年轻时便投身于女性解放运动，一生见证了整个世纪法国女性主义的兴衰。在这个人物身上，作者无意或是有意地投射了自己的经历。贝诺尔特·克鲁尔，1920 年出生在巴黎一个优越而充满艺术气息的家庭里。其父 AndréGroult 是个装潢艺术家，母亲 Nicole

Groult 是著名时装设计师 Paul Poiret 的妹妹，拥有一家属于她自己的品牌时装店，是一位优雅美丽衣着超俗的女士。贝诺尔特·克鲁尔的双亲与战前巴黎的艺术家作家们交往密切，毕加索（Piasso）、皮卡蒂亚（Picatia）、保罗·莫朗（Paul Morand）等名人都是家中常客。在这种文艺氛围的熏陶下，贝诺尔特·克鲁尔从小对古典文学产生浓厚的兴趣，在大学里攻读文学、拉丁语、古希腊语和语史学，毕业后曾教授三年的拉丁语和文学，随后开始了她的记者生涯。这都与爱丽丝的身份和背景十分相似。作者经历了三次婚姻。第二任丈夫 Georges de Caunes 是一位著名的电台记者，同时也是个大男子主义者。小说中关于爱丽丝的妹夫维克多这个人物，贝诺尔特·克鲁尔所用的批判笔调幽默甚至有些刻薄，是否交织着爱之切责之重的个人感情呢？她也曾是个所谓真正的女人，完美的伴侣，对丈夫绝对的顺从，为家庭牺牲一切。这是那个年代妇女的典型生活模式，但个人发展的愿望终而促使她与世俗抗争。虽然离婚在当年仍被当成丑闻，但她做到了。多年后才与作家 Paul Guimard 相遇，两人相知相惜相伴余生。

那个年代的女性所面临的种种矛盾，在贝诺尔特·克鲁尔的个人经历中比比皆是：二十世纪三十年代法国保守的世俗价值观与不同寻常的艺术家双亲家庭影响之间的反差，其母所代表的优雅至上的女性形象与作者渴望个性表达的少女叛逆心理之间的摩擦（她笑谈当年母亲用无可争辩的权力看她的日记时却绝望地发现女儿写着："我多想成为孤女，为了能做我自己！"），世俗传统强加于女性的职责和女性对自身价值的质疑与探求之间的龃龉（小说中爱丽丝和妹妹艾莲娜就像一株双生花，前者离经叛道，后者循规蹈矩，彼此相照）……在重重矛盾中，克鲁尔并没有选择和沉默的大多数一样变成历史中"缺席"或"失声"的牺牲品，虽然她的女性意识，更应该说"女性主义意识"，觉醒得相对晚些。她承认25岁读弗吉尼亚·伍尔夫的《自己的房间》和29岁第一次读《第二性》的时候，并无太多感触。当她撰写《她的本性》时，已经55岁了："我何时成了女权主义者？自己甚至不曾有所察觉。这一切来得很晚，因为成为女权主义者对我而言是个艰难的过程。我的整个少女时代被恐惧所僵化，害怕与固有的角色定义不相符，换而言之就是找不到'买主'。如今每每看着自己三个女儿成长的青春，我一次次总会感到窒息。……我没有加入MLF（女性自由运动协会），也许年纪过大了，过于幸福，个人生活过于优越了，从而没了抗争的勇气。但我的心一直和这些女人和女孩们在一起，没有她们，一切都无法实现。"

以往关于女性主义的著作大都过于理论化、学究腔，而这部1975年出版的《她的本性》用个人经历和平实感性的文字唤起了众人对女性处境的反思。无数的女读者纷纷来信，都说贝诺尔特·克鲁尔替她们说出了自己一直感受的，不堪忍受的，所不敢道出的一切。至今，此书仍被视为一本"68后时代"法国女性的参考书。随后贝诺尔特·克鲁尔笔耕不辍，当选了法国费米纳女性文学奖（Fémina）的评委之一。她在1978年创办的《F杂志》，在如今广告商垄断话语权的传媒界中，仍然坚守女性主义的阵地。而贝诺尔特·克鲁尔为法国女权运动所做的最大贡献，应属在1984年至1986年间负责的"职业名词阴性化委员会"。

不了解法语的读者或许也曾听说，该语言的名词分阴、阳两性。普通名词的词性是约定俗成的，但表示人和动物的名词词性则由其自然属性决定。至于职业名称，常常同时具有阴阳两种形式代表工作者的性别。但是，由于过去很多职位只限于或优先由男性担任，于是只存在阳性形式。随着战后妇女教育程度的提高和女权运动的发展，女性就业领域不断扩大，直至那些男性至上的领域。然而，人们依旧用阳性形式的职业名词来称呼这些女士，如 "Mme le Ministre"，"Mme le professeur" [逐字翻译便是 "（男）部长女士" 和 "（男）教授女士"]，阴性称谓加上阳性职业名词，矛盾且荒谬。职业名词阴性化是社会进步的必然，也是语言发展的需要，然而在当年却遇到了无法想象的阻碍。法国虽然高举 "平等自由博爱" 的大旗，但当时社会的主流和掌权阶层仍保守地沿袭传统，对这次由政府推行的改革态度并不宽容。最坚决最突出的反对声音来自代表法国语言与文化的权威——法兰西学院，尤其是那些坚持法语纯粹主义的学者们。其中，乔治·杜梅齐尔（Goerges Dumézil）这位名震 20 世纪的哲学家多次公然嘲讽道："可怜可怜这位可怜的克鲁尔女士和她那些异想天开的想法吧。这些向词汇发动进攻的女士们对印欧语系语言真是彻底的无知……她们反对使用 "Mme le Ministre" [（男）部长女士]，视之为语法错误。可是，既然这种说法通用已久，又有何关系呢？" 言下之意，这是个长年的小错误，木已成舟何必更改？试想这样的言论出自一位伟大的学者、哲学家、科学家之口，可见当年舆论压力之大。贝诺尔特·克鲁尔荣获政府颁发的荣誉勋位团骑士勋章时，作为第一位获此殊荣的女性，她给密特朗总统写信，建议他借此机会进一步推动职业名词阴性化，用 "chevalière"（女骑士）这个称谓为她颁奖，也借此机会表明自已拥护女权运动。尽管密特朗本人在某种程度上可被视为女性主义者（他在政府幕僚中提拔了不少杰出的女性政治家），可颁奖时，他依然妥协了，仍沿用 "chevalier"（男）骑士。贝诺尔特·克鲁尔回忆"当时他面带微笑，几乎是无力的微笑说道：'我无法将 chevalière 说出口。"

　　不理会世人的嘲讽、不解、淡漠或是无奈，克鲁尔始终坚持自己的想法："语言并非中性，它所反映的是整个所属社会的权力结构与关系。"她并不认为职业名词的词性只是简单的约定俗成的问题，而是社会阶层和价值观的直接反映。在男性掌握话语权的社会里，这次语言的变革上升为政治问题。一直以来，女性绝缘于社会地位高的工作和重要的高层职位。在较为普遍的职业中，无论售货员、护士、小学教师等等，都有了相应的阴性形式，人们都自然地接受和使用了。然而职业地位越高，这种宽容度就越成反比。在小学中，人们都用 "Mme la doyenne" [（女）主任女士] 这个阴性形式的称呼，相反，在大学里却顽固地使用 "Mme le doyen" [（男）主任女士] 这个阴性称谓加上阳性名词的矛盾体。正如普通的女秘书可用 la secrétaire 阴性形式，可一旦上升为女国务卿（字面直译为"国家秘书"）却仍要使用 le secrétaire d'Etat 阳性形式。这何尝不是一种性别歧视？克鲁尔的坚持是对的，否则我们今天仍要面对这不公、滞后且荒谬的语言现象。

　　更具讽刺意味的是，法兰西（la France），本身就是一个阴性名词。正如其名，人们对这个国度的印象总与浪漫有关，而法国人也以崇倡爱情的骑士精神和尊重女性的绅士风度自诩。"'她们能在我们这儿抱怨什么？'每个法国男人都认为他们为女人已经尽了全力，'况且，她们有我们，全世界最好的情人。'"正是因为这样根深蒂固的法式殷勤，无论作为中世纪受到骑士爱慕和行吟诗人歌颂的爱与美的化身，还是辉煌的"女性时代"中主持沙龙的贵妇，女性都备受呵护。这种地位并不意味着拥有与男性平等的权利，反而让女性成为依附男性的弱势群体，表面上的优越与依附的习惯性影响了整个法国女性主义的历史。比起英美德或是女权运动最前沿的北欧国家，法国女性主义的发展是滞后的。虽然远在大革命时期，继《人权宣言》后，法国于 1791 年颁布了《女权宣言》，但没能真正地付诸于实际。随后拿破仑颁布的《民法典》虽然推动了整个欧洲的法制进步却让法国女性解放运动滞后了整整大半个世纪。《民法典》以保护女性的名义，在法律上彻底剥夺了妻子的权利，使妻子成为无行为能力者：对自身和财产都没有支配权，不能接受公学教育，无权签署任何法律文书、领工资，等等。此外，由于信仰天主教，法国禁止离婚，并于 1816 年正式规定离婚非法。《民法典》甚至允许陪审团赦免自行审判（杀死通奸的妻子和奸夫）的丈夫，相同情况妻子却要以杀人罪论处。直到 1884 年离婚合法化时，却规定通奸的丈夫可交一笔罚金了事，若是妻子则锒铛入狱。这种刻入国法家规的性别歧视到了 20 世纪才随着世界女权运动的发展逐步得到纠正：1907 年法律规定已婚妇女可以自由支配其收入；1938 年法律承认妻子有独立的人格和行为能力，已婚妇女可拥有身份证和护照；1944 年女性拥有选举权（比起第一个获得妇女选举权的国家新西兰整整晚了五十年）；1965 已婚妇女可在丈夫允许下开个人银行账户，妻子的财产权才正式得到了法律的承认和保护；1985 年法律规定夫妻在家庭财产和儿女问题上的权利平等，这才迎来了女性在法律上家庭关系中真正的平等与自由。

　　回顾历史，心情不免有些沉重。原来，女性成为独立的社会个体竟是近几十年间才实现的，而这些轰轰烈烈的运动或是不为人知的抗争，如今却都成了过眼烟云。"在摇篮里连小指头都不必费劲举起就拥有自由"的一代人，享用着前人的成果，却认为这一切是毋庸置疑一直就供人享用的。她们不可能知道让自己"轻松摆脱困境"的紧急避孕药于 2000 年才正式在药店里自由出售；更让她们不可思议的是，避孕于 1967 年才正式合法化，堕胎则更晚，1975 年；她们无法想象，自 1920 年法律禁止一切避孕及堕胎手段的年代里，女性必须忍受多大的痛苦和压力："在真空抽吸机发明之前，堕胎术常是以刮匙深入子宫把胎儿从子宫壁刮除。如果刮匙将子宫刺破，妇女就会流血致死，如果器械未经正当消毒，则会受到致命的感染。有钱的妇女可以找经验丰富的堕胎医生。贫穷的妇女则试图采用民间秘方——符咒，或服用无效但也无害的药品私自堕胎。其他手段，如使用衣架、鞋钩、编织针或灌洗液，不仅无效，而且常常导致不育和死亡。"② 在小说里，爱丽丝回忆当年自己的、妹妹的和女儿的堕胎经历，欷歔道："人们不能想象，也不再想象我们意外怀孕所面临的困境。我们什么都尝试。试尽一切！所有女人，富裕或贫穷，少女或以为已经绝经的妇女，妓女或仅仅睡了一回就'中标'的淑女，被遗弃的女人或五个孩子的母亲，所有女人，准备着任何时刻以任何代价被任何人宰割。"没有经历这般的切肤之痛，后辈们所有的惊讶也只是轻描淡写罢了。"俱往矣！何必再为从今以往不复存在的一切而战呢？"女权主义过时了吗？女性的困境真的解决了吗？

六十年代活跃在女权运动浪尖上，十几年后却被当做老古董的爱丽丝身上不免带着英雄暮年的悲愤，而她的女儿玛丽侬不仅仅是新时代女权主义者的代表，也是作者笔下塑造的一个完美女性形象。她美丽温柔智慧独立，是位学者，也是个好母亲；是个热情似火的情人，也是个隐忍似水的贤妻；是个女权主义者，也是个能烧一手好菜会摇橹掌舵热爱生活的女子。母亲爱丽丝也不禁感慨："玛丽侬是我想成为的那种女人，如果我不在1915年出生的话也许能成为的女人。她不必耗尽全力去获取自己的权利和自由，而我当年必须像井底的矿工在深渊里寻找埋藏的刺，一根一根拔掉。他们都说，如今的我仅剩粗鲁的言语和对男人的仇恨，以及毁灭自我的挑衅偏执。而我的女儿，她是一个所有定义中真正的女人。"

　　两次世界大战是爱丽丝生活的转机，对于玛丽侬而言则是1968年的"五月风暴"。经历这场彻底颠覆法国社会中代表天主教中产阶级的传统价值观的革命，所有的法国年轻人，正如当时全世界多数年轻人们一样，在叛逆精神激荡的全新世界里，欢呼自由和爱，膜拜正义与崇高，崇拜切·格瓦拉，抽大麻，听迷幻摇滚，性解放……无论东方玄学、虚无主义、存在主义、共产主义、无政府主义，都是青春疯狂恣意生长的沃土。时代飞跃，但对于玛丽侬，这场革命似乎来得有些晚了，少女时代源于对自身否定的不安与敏感已经在她身上深深地烙下印记。前文所提及作者经历的矛盾仍在玛丽侬身上一次次重现。她把自己与情人贝利昂在一起的时光称为"天上的日子"，回到丈夫莫里斯、母亲和儿女身边的生活就像"重返大气层"一般。贝利昂（Brian）与法语中"灿烂、光辉"（brillant）同音，而莫里斯（Maurice）是个陈旧的人名，只能唤起历史中迂腐的片断罢了。这又何尝不是玛丽侬所面对的双重生活最好的隐喻呢？"天上的日子"固然美好，却并不轻盈。负荷着爱尔兰历史和宗教的悲怆与沉重，同时继承了凯尔特民族疯狂而诗意的激情，贝利昂狂热地爱着玛丽侬却也因这份爱情承受着道德和责任上的负罪感。他们只能远离人群，在荒芜的爱尔兰海岬上享用这份痛楚绝望的甜蜜。玛丽侬和贝利昂之间的爱情负着沉重的枷锁，转而变成了另一个无法超越的困境。

她和莫里斯的婚姻也同样是一个理想主义与残酷现实结合的产物。他们都希望"抛弃资产阶级道德的沉重和宗教的强权及偏见"，建立一种能尊重彼此自由的关系。然而"信奉萨特和波伏娃理论"的两个人，却使彼此"如身处拉辛时代般痛苦着"。玛丽侬忍受着丈夫一次次的出轨，却也正因他的轻佻和对自由的崇倡尊重而爱他，莫里斯从不放弃在别处寻求生活的快乐，却也因妻子对另一个男人深挚的爱情而耿耿于怀。他们无话不说，无所顾忌，可他们"企图蔑视嫉妒，但嫉妒却偷偷地吮吸着他们的鲜血"，深陷在嫉妒、怨恨和屈辱的泥沼中。事实上，就连他们的榜样——萨特和波伏娃这对传奇伉俪之间"伟大而独特"的关系或许也并非如表面上那般美好。据说如果萨特不是那么风流成性，波伏娃也许也就不必写《第二性》了。她在《女宾》书中无意或是有意透露了这个秘密："轻率信任的代价，就是她猛然面对一个陌路人。"这是一个任何时代中，甚至伟人和哲人都无法超越的困境，不仅仅是女人的，也是男人的。

如果说爱丽丝所代表的早期女权主义者所追求的女性权利得到了实现，那么在玛丽侬身上所体现的正是"68后时代"女权运动的转变，从力求与男性平等转而成为对自身价值的肯定和对两性关系平衡的追求。幸福与和谐是个亘古不变的主题，正是因为人类的困境像轮回般无休无止。没人能比正经历着衰老的爱丽丝更能透彻地反思人生。作为一名斗士，她不免有些激进和刻薄，但她幽默、自强而乐观。七旬高龄仍自学使用电脑，挑战衰老带来的另一种偏见与不公；远赴越南旅行，思考进一步飞跃，她发现无论古今，性别或是地域的差别，只要有强权与弱势的对立，不公与偏见永远存在；甚至在她生命的最后一刻，仍为选择死亡的自由而战③。尽管如此，再骁勇的斗士也不免会有气馁的时刻。她悲哀地看到几乎所有的女性杂志，例如《世界服装之苑》(*ELLE*)、《嘉人》(*Marie-Claire*) 等等，都曾为女权运动做过重大贡献，如今都向物化女性的广告妥协，直至沦陷，彻底失去话语权，成为广告商所代表的男权社会价值观的代言。如今的女性似乎除了追求完美的外表和如何利用魅力之外，所谓独立、智慧和完善的人格都只是为了粉饰那些反反复复的美容化妆减肥丰乳服装奢侈品广告的虚伪谎言。甚至在孩子们身上都重现了最迂腐的男女刻板印象。爱丽丝只能愤慨道："我们已把这个堡垒的一隅推垮，然而，它却依旧屹立不倒，如此令人绝望，使多少世纪多少革命丧失了信心。"她感慨"年龄的悲哀之一，是发觉那些最卑劣的传统，最鄙陋的偏见，最该受到谴责的行为，以及早在三十年前被社会学家和心理学家批判且唾弃的一切，竟然纹丝不动一直存在。"正如她所经历的衰老一样，女权运动在这个商业社会里不可避免地倒退。她将其最后的著作取名为《女权主义的遗嘱》，不仅仅是对这个仍然荒谬而滞后的社会的有力批判，同时也是为了纪念在人类历史记载中缺席的杰出女性们，以及所有被历史所忽视的曾为女性主义进步做过努力的人们。爱丽丝，抑或作者自己，仍是乐观的，如果说女权运动前进了三步如今却又后退了两步，乐观的人看重的是前进的那一步距离。

　　这正是为什么，作者特地安排了另一位重要的角色出场——莫伊莱。既非神灵也非鬼魅，仅仅是命运本身。她由崇尚人性与自由的奥林匹克众神所生，虽然没有性别（法语 Moïra 为阴性形式，固译作"她"）却犹如女性般感性而细腻；与万能、自我中心甚至暴戾的一神论的神相反，她迷恋自己无法体验的存在，同情所守护的众生，面对无常的生命，和人类一样无力，她惟一能做的是带去希望和机会，等待他们的选择，和他们一起企望奇迹的出现。在希腊神话中，每个人都有自己的命运女神，莫伊莱何尝不是另一个自我，在生命书写过程中另一个叙述的声音。她为玛丽侬无望的爱情带来一个慰藉希望的新生儿，为爱丽丝的晚年带来最后的荣耀与肯定。这是命运女神创造的神迹吗？不，这只是人类选择命运的结果。人类的困境，无论因于性别、时代、偏见、贫富、强弱、生死、悲欢、离合……选择是人类生存自我救赎的惟一途径。莫伊莱身上固有的希望与无奈的矛盾正是命运抑或人生的真实写照。书中莫伊莱给爱丽丝最后的机会是按下星号键，这不仅仅是爱丽丝选择安乐死的自救，也是触及希望的暗示。星号键（la touche étoile）在日常生活中，例如电话，常用于取消功能，在法语字面上另有"触摸星星"之意，作者将它作为书名，把希望的虚无与渺茫和生存中选择的主动与乐观结合在一起，还有什么比这苍凉而深远的矛盾意味更贴切于人生本身呢？之所以将书名译为《星陨》，立意于本书关于衰老与死亡的主题，星即希望，陨即消亡，仍无法全部表达法语中所蕴涵的意味，不免遗憾。

笔者经验尚浅，粗略查阅有关资料，匆匆写下此文，希望能给对作者和法国女性主义感兴趣的读者提供一些参考。借此谨谢好友李奕林和同事严璐全程的鼓励与帮助。

2008 年元月于厦门滨海

☞**注释**

①本文的引言摘自本书。

② [美] Deborah G. Feledr：《女人的一个世纪 —— 从选举权到避孕药》，姚燕瑾、徐欣译，新星出版社，2006 年，第 278 页。

③作者贝诺尔特·克鲁尔于 1986 年加入了 ADMD（Association pour le Droit de mourir dans la Dignité）"带着尊严死亡的权利"协会 —— 于 1982 年由女权主义者发动成立，支持选择安乐死权利的合法化。

附：作者作品

格拉谢出版社出品：

《事物的一部分》，1972 年

《她的本性》，1975 年；2000 年再版，题名为《二十一世纪她们的本性》

《时常》，1983 年

《心航》，1988 年

《逃亡的故事》与若丝安娜·萨维尼欧（Josyane Savigneau）合作，1997

Denoël 出版社出品，与其妹弗洛拉·克鲁尔（德诺艾尔）
(Flora Groult〔Denoël〕)合著：

《四手合办报纸》
《阴性复数》
《从前有两回》

其他出版社出品：

《家庭新闻》，Mazarine 出版社
《阳性的女权主义》，Denoël-Gonthier 出版社，《女人》系列
《忠诚的历史》，与弗洛拉·克鲁尔 (Flora Groult) 合作，1976 年
《大地的一半》，Alain Moreu 出版社
《半圆的奥林匹亚》，Mercure de France 出版社
《波琳娜·霍兰 (Pauline Roland) —— 妇女是如何获得自由
的》，laffont 出版社，1991 年
《男性的诺言》，Albin Michel 出版社，1993 年

图书在版编目(CIP)数据

星陨/(法)克鲁尔著;黄钏译. —北京:新星出版社,2008.10
ISBN 978 – 7 – 80225 – 521 – 0

I. 星… Ⅱ.①克…②黄… Ⅲ. 长篇小说 – 法国 – 现代 Ⅳ. I565.45

中国版本图书馆 CIP 数据核字(2008)第 094848 号

星陨

[法]贝诺尔特·克鲁尔/著 黄钏/译

责任编辑:李 曼
装帧设计:王 梓

出版发行:新星出版社
出 版 人:谢 刚
社 址:北京市东城区金宝街 67 号隆基大厦 100005
网 址:www. newstarpress. com
电 话:010 – 65270477
传 真:010 – 65270449
法律顾问:北京建元律师事务所

读者服务:010 – 65267400 service@ newstarpress. com
邮购地址:北京市东城区金宝街 67 号隆基大厦 100005

印 刷:山东新华印刷厂临沂厂
开 本:889×1194 1/32
印 张:6. 5
字 数:143 千字
版 次:2008 年 10 月第一版 2008 年 10 月第一次印刷
印 数:0 001 ~ 6 000
书 号:ISBN 978 – 7 – 80225 – 521 – 0
定 价:25. 00 元